COLLECTION FOLIO

Cesare Pavese

# Histoire secrète

## et autres nouvelles

*Traduit de l'italien*
*par Pierre Laroche*

Gallimard

Ces nouvelles sont extraites de
*Vacance d'août* (*Œuvres*, Quarto, 2008).

Né le 9 septembre 1908 à Santo Stefano Belbo, dans les collines au sud-est de Turin, Cesare Pavese vouera toute sa vie un attachement sans borne à sa région, attachement qui marquera toute son œuvre. Orphelin de père, Pavese est un enfant solitaire et passionné par les livres. Après un bref passage dans l'enseignement, il commence à traduire les auteurs anglais et américains comme Melville, Joyce, Defoe, Dickens ou Dos Passos. En 1935, lié avec les milieux intellectuels et antifascistes, il tente d'aider une femme inscrite au Parti communiste, ce qui lui vaut d'être assigné à résidence en Calabre pendant un an. Il entreprend alors d'écrire son journal qui sera publié après sa mort sous le titre *Le métier de vivre.* À partir de 1936, il devient l'un des principaux collaborateurs d'une grande maison d'édition de Turin, Einaudi. La même année, il publie un recueil de poésie, *Travailler fatigue,* qui passe inaperçu. Après la guerre, il adhère au Parti communiste et écrit régulièrement dans *L'Unità.* L'après-guerre est une période très féconde : il publie une réflexion sur les grands mythes de l'humanité, *Dialogues avec Leucò,* et *Le camarade,* l'histoire d'une éducation politique et sentimentale, en 1947. *Avant que le coq chante,* paru l'année suivante, rassemble plusieurs récits dont *La prison* inspiré de son assignation à résidence, et *La maison sur la colline* qui évoque la Résistance dans le Piémont. *Le bel été*, en 1949, se compose de trois courts romans qui racontent les longues veillées jusqu'à l'heure nocturne où les personnages se mettent à marcher, dans la ville et sur les collines, retardant toujours le moment de se quitter, prolongeant jusqu'à l'aube cette veille commune qui n'est que l'attente de l'impossible. Son dernier livre, *La lune et les feux*, raconte l'histoire d'un ancien pupille de l'Assistance publique qui revient, après avoir émigré, au pays qui lui tient lieu de pays natal, et fait figure de testament spirituel. Cesare Pavese se suicide le 27 août 1950 à Turin, dévoré par le sentiment que le langage ne peut traduire la réalité de la vie.

Solitaire et obsédé par le désir de saisir l'infinité du monde, Cesare Pavese a laissé une œuvre riche, douloureuse et poétique, d'une très grande beauté formelle.

*Découvrez, lisez ou relisez les livres de Cesare Pavese* :

AVANT QUE LE COQ CHANTE (L'Imaginaire n° 556)

LE CAMARADE (Folio n° 1835)

LE MÉTIER DE VIVRE (Folio n° 1895)

LA LUNE ET LES FEUX, *suivi de* LA PLAGE (L'Imaginaire n° 163)

LA PLAGE (Folio Bilingue n° 102)

LE BEL ÉTÉ (L'Imaginaire n° 22 et Folio Bilingue n° 34)

SALUT MASINO (L'Étrangère)

TRAVAILLER FATIGUE — LA MORT VIENDRA ET ELLE AURA TES YEUX — POÉSIES VARIÉES (Poésie-Gallimard n° 128)

TERRE D'EXIL (Folio 2 € n° 3868)

# LE BLOUSON DE CUIR

Mon père me laisse passer mes journées à la baraque de l'embarcadère parce que de cette façon je m'amuse et j'apprends un métier sans m'en apercevoir. Maintenant, il y a une patronne grosse, qui crie tout le temps, et si je fais mine de toucher une barque, elle me voit, quand bien même elle serait à la cave, et elle crie que cela ne m'appartient pas. Derrière la baraque il y a les tables et les chaises pour les clients mais cette patronne-là ne se fait plus aider et si je lui apporte une commande, elle dit aussitôt à son fils de prendre les verres. Dans la baraque, il y a un bout de temps que je n'y entre plus et plus longtemps encore que je ne suis pas monté en haut pour regarder l'eau et les barques depuis la fenêtre de Ceresa. Ici maintenant, il ne vient plus personne, et mon père se trompe s'il croit que je peux encore apprendre le métier.

Cette M^me^ Pina ne sait pas y faire : elle traite les clients comme elle me traite, moi. Il ne suffit pas de porter un blouson de cuir pour savoir diriger un embarcadère ; il faut que les gens viennent de bon cœur et qu'ils voient à la tête du patron qu'il aime les barques et le Pô et que c'est une bonne chose de s'amuser. Ceresa, voilà, c'était l'homme qu'il fallait : on aurait dit qu'il jouait avec tout le monde et il passait plus de temps sur ses barques que ses clients. Quand il y avait Ceresa, il y avait toujours de bons moments : on était en maillot dans l'eau, on préparait le goudron, on vidait les barques, et à la belle saison, on goûtait avec le seau de raisin sur la table, sous les arbres. Les filles qui allaient en barque s'arrêtaient pour plaisanter sous l'appentis ; il y en avait une qui voulait que Ceresa l'accompagne sur le Pô. Ceresa lui disait toujours qu'il ne pouvait pas plaquer l'embarcadère et l'auberge, et qu'elle vienne le matin de bonne heure avant le soleil. Un beau matin, cette idiote-là était venue et Ceresa lui dit alors de se lever comme ça tous les jours et que son mal de tête lui passerait.

Le blouson de cuir que maintenant la vieille se jette sur les épaules quand il pleut, Ceresa le portait toujours et je me rappelle qu'une fois où nous étions en barque et qu'il était venu un orage, il le quitta et me le donna pour me couvrir. En dessous, il était toujours torse nu et il me disait que si je vivais au bord du Pô, quand je serais grand, j'aurais des muscles comme lui. Il avait de petites moustaches et à force d'être au soleil, il était blond.

L'année dernière, à cause de Nora, certains cessèrent de venir. Nora était d'abord la servante qui apportait les consommations aux clients et s'en allait le soir ; puis, l'année dernière, aussi tard que je m'en aille chez moi, elle restait encore dans la baraque et le matin quand j'arrivais, je la voyais déjà regarder par la fenêtre. C'était une belle femme ; Ceresa ne le disait jamais mais ce sont les jeunes gens et les vieux qui jouaient aux boules qui le disaient. Nora restait appuyée à la porte, se tenant un coude dans la main, vêtue de rouge et elle regardait tout le monde sans parler. Une fois que je m'étais assis sur une marche pour attendre Ceresa, elle me dit : « Idiot, va-t'en chez toi. » Mais d'autres fois, elle riait quand je m'asseyais dans une barque, les pieds dans l'eau, et si quelqu'un demandait une rame ou un coussin et que Ceresa n'était pas là, elle me disait d'aller les chercher sous l'appentis.

Moi, ça me fit tout de suite de la peine que Nora ne s'en aille plus de la baraque. Avant, quand je pensais à elle, je disais moi aussi : « C'est une belle fille » et je n'y pensais plus ; mais si, maintenant, elle tenait compagnie à Ceresa, cela voulait dire qu'elle était vraiment quelque chose d'extraordinaire, et cela me faisait de la peine parce que je ne comprenais pas ce que c'était.

Ils mangeaient sous l'appentis, ensemble ; et moi, je restais encore un peu pour les aider si des barques revenaient, pour qu'ils n'aient pas à se lever ; et eux discutaient, ils me disaient quelque chose de temps en temps mais surtout, ils se clignaient de l'œil et, si Nora allait à la cuisine pour chercher un plat, Ceresa restait silencieux, regardant la porte. Entre eux ils parlaient comme ils ne parlaient pas avec moi ; même Ceresa, qui plaisantait avec tout le monde, restait le même avec elle mais il disait des choses lentement, en tapant la pointe de ses doigts sur la table et en regardant en l'air, ou bien il agitait la fermeture-éclair de son blouson comme si c'était un éventail et Nora clignait des deux yeux et regardait la fermeture en riant.

On comprenait qu'ils étaient ensemble pour se tenir compagnie mais pas pour se marier, parce que Nora ne portait jamais une robe quelconque, une de celles qu'on met à la maison, mais elle avait la rouge et une autre blanche, encore plus belle, et une fois qu'elle avait lavé la vaisselle et balayé, elle restait à la porte ou elle venait regarder l'eau comme le font les filles qui prennent une barque. Quand Ceresa l'appelait, elle venait en marchant lentement et il semblait toujours qu'elle n'avait rien à faire. Et pourtant la journée était longue et il y avait tant à faire : elle servait à l'auberge, elle lavait les chemises et il lui restait encore du temps pour fumer une cigarette.

Maintenant que Nora était la patronne, Ceresa me disait qu'un jour, nous reprendrions la barque, lui et moi et que nous partirions jusqu'au soir, pour remonter le Pô plus loin que le barrage. Nora ne venait pas en barque avec nous, elle disait que l'eau sentait mauvais et, quand nous partions avec les filets et le panier pour pêcher sous le pont, elle nous regardait de la fenêtre en riant. Pour pêcher, Ceresa ne mettait que son blouson et un maillot très serré et nous sautions à l'eau, nous placions le panier contre les pierres et, tandis que je tenais la barque, Ceresa dérangeait les poissons avec ses mains. De l'autre côté du barrage, il connaissait un lac extraordinaire d'où on revenait avec le panier plein et il disait toujours que nous partirions un beau matin pour revenir le soir. Plusieurs matins, j'arrivai à l'embarcadère en espérant que ce serait cette fois, mais il survenait toujours quelque chose à faire, ou bien Ceresa avait une discussion à finir avec Nora, ou bien à goudronner une barque qui n'avait pas été faite la veille au soir, et on renvoyait à plus tard.

Je finis par y aller tout seul, de l'autre côté du barrage. Un jour que Ceresa avait à faire à Turin, je restai seul avec Nora qui lavait des légumes dans un seau sous l'appentis. Nora me suivait du regard sans parler et l'ennui me prit. Je lui dis que je prenais la barque et je partis. Je restai jusqu'à midi sur l'eau et je revins convaincu que je ne verrais pas Ceresa ce jour-là et que je ferais mieux de m'en aller. Mais Ceresa était revenu et riait à la fenêtre en enfilant son blouson et il m'appela en haut. Je fis un pas mais ensuite je vis Nora à la porte, qui me regardait de travers, elle n'eut pas le courage d'entrer pour monter. Je dis : « Ceresa appelle », et j'allai sous l'appentis poser ma rame. Nora me regardait longuement puis elle monta.

Le matin, c'était l'heure la plus belle, parce qu'on pouvait toujours espérer davantage que le soir. Le soir, je devais m'en aller parce que après dîner Ceresa et Nora s'habillaient et partaient bras dessus, bras dessous : ils allaient à Turin, au cinéma, se promener. L'embarcadère restait vide, ils fermaient l'auberge dès qu'il faisait sombre. Avant, il y avait toujours quelqu'un et Ceresa nous amusait : il n'avait jamais froid, il restait en maillot même dans l'obscurité. Cela me faisait rager que Nora, qui ne s'exposait jamais au soleil et qui devait être blanche comme la peau d'un poisson, le tutoie et qu'ils soient toujours bras dessus, bras dessous. J'aurais payé cher pour savoir parler comme eux.

« Tu verras quand je me marierai, me dit un matin Ceresa, tout sera comme avant. » Je lui tendais le goudron et j'avais envie de pleurer. Je ne pleurais pas et je regardais la barque pour qu'il ne rie pas. Je faisais attention que Nora ne m'entende pas de la cuisine et pourtant je savais très bien qu'il voulait vraiment l'épouser.

« Moi, je ne me marierais pas, dis-je doucement, tu vas voir que, quand tu seras marié, Nora ne mettra plus sa robe rouge et que vous commencerez à vous disputer.

— Qu'est-ce que tu as dit à Zucca hier pendant qu'il jouait aux boules ? »

Ceresa savait toujours tout. Mais c'était Zucca, celui qui a un goitre, qui avait dit en parlant avec un autre que Nora était une bourrique et que Ceresa ne devait pas l'épouser. Moi, je n'avais fait qu'écouter en portant les verres.

« Tu es un gosse, dit Ceresa, ne parle pas comme les grands. Si Nora te dit quelque chose, dis-le-moi. »

Mais Nora ne me disait jamais rien d'important. Parfois elle me chassait. Quand nous travaillions avec Ceresa autour d'une barque, elle nous regardait de la porte avec la tête d'une patronne, et je ne comprenais pas si c'était moi ou Ceresa qu'elle regardait de cette façon. Maintenant je n'attendais plus que d'en revenir à ce sujet, pour lui dire que Nora était une femme méchante.

Quelques jours après l'histoire de Zucca, j'attendais en barque que Ceresa descende, mais Ceresa ne venait pas. Il était monté un moment pour prendre des cigarettes et, depuis le fleuve, je voyais la fenêtre ouverte mais comme il faisait un beau temps clair, il pouvait venir des clients pour m'enlever Ceresa, et j'avais hâte de le voir descendre. C'était un après-midi chaud et je n'entendais même pas le bruit de l'eau contre les barques. Puis j'aperçois le dos de Ceresa à la fenêtre, je l'entends parler vers la chambre et il ne se retourne pas, ne me dit rien. Alors je regarde le soleil, puis je ferme les yeux et j'appuie dessus ; je voyais plein de taches rouges et vertes et je m'ennuyais. J'attendis je ne sais combien de temps et, à un moment donné, je vois Ceresa sous l'appentis qui allumait une cigarette et me demandait ce que nous allions faire. Je lui montrai la rame ; Ceresa fit un geste comme pour dire que ça l'embêtait, mais il sauta dans la barque. Il me laissa l'emmener jusqu'au pont ; il restait assis sans parler. Puis il sauta à l'eau et nous nous mîmes à pêcher ; de temps en temps il disait quelque chose à propos des poissons, mais il n'arrêtait pas de fumer et de se relever pour regarder l'eau. Je lui parlai du canot à moteur, nous discutâmes pour savoir s'il marchait à l'essence, mais lui ne se moqua pas de moi comme il faisait d'habitude, et il lançait les petits poissons au fond de la barque en disant : « Crevez donc vous aussi. »

Ce soir-là, Zucca passa sur sa péniche et il lança : « Oh oh.

— Toi, tu es malin », dis-je en jetant de l'eau sur les poissons, et Ceresa le regarde puis me regarde en riant, m'appuie la main sur la tête et me fait une friction.

Et pourtant il ne s'était pas disputé avec Nora. Les femmes aiment faire du vacarme ou, du moins, pleurer ; les femmes sont différentes de nous. Mais avec Nora on se taisait ; je parie qu'à lui aussi, Nora disait parfois comme à moi : « Que tu es bête. Va-t'en », et alors Ceresa ne pouvait que lui tordre le poignet et le lui briser. Une seule fois où, en présence de deux clients, il lui dit de recoudre le coussin déchiré d'une barque, Nora prit le coussin et le lança dans l'eau. Puis elle s'enferma en haut et ne voulait plus lui ouvrir. Je me mis à servir aux tables derrière la baraque, où les gens ne s'étaient aperçus de rien. Ceresa ne me parla pas de toute la journée et resta sous l'appentis à limer un tolet ; il manœuvrait tout seul le soufflet de la forge, prenait les charbons à la main et les jetait encore sifflants dans le Pô.

Le lendemain je trouve porte close. J'appelle ; il n'y a personne. Alors je m'en vais parce que je ne voulais pas que des clients me trouvent et que j'aie à leur dire que Ceresa s'était disputé. L'embarcadère fut mort pendant deux jours ; puis un beau matin, je flânais par hasard sur la rive et je vois du mouvement parmi les barques. Ceresa était revenu ; Nora était revenue, elle était près de la fenêtre et changeait de corsage. Ceresa embarquait deux filles, de ces filles qui se déshabillent sous l'appentis, et ils criaient des bêtises. Ceresa riait et tenait la barque.

Le soir ce fut la fête parce que Nora était revenue. Ils vinrent à cinq ou six, des bateliers, des clients — Zucca, Damiano, toujours les mêmes — mais ils semblaient plus joyeux et ils restèrent jusqu'à minuit, à bavarder et à plaisanter. Ils disaient tous que Nora devait se baigner, ils disaient que le lendemain elle achèterait un maillot et qu'elle servirait les joueurs de boules en sweater. Puis la lune se montra et sur le terre-plein, il faisait aussi clair qu'à midi ; alors Damiano apporta du vin et ils se mirent à jouer. Je tombais de sommeil mais je ne voulais pas m'en aller ; Nora s'en aperçut et elle me dit : « On ne veut pas de toi, chez toi ? » et alors je repartis.

À partir de ce jour-là, Nora devint plus joyeuse mais elle était toujours prête à répondre à Ceresa ; Ceresa en riait et haussait les épaules. Parfois, j'avais honte pour lui quand cette sorcière disait des bêtises en présence des autres. Elle avait acheté un maillot de bain, un maillot rouge comme sa robe et elle le mettait à midi pour profiter du soleil tandis qu'elle allait et venait devant l'appentis, et elle le gardait même après jusqu'au moment où Ceresa la prenait par un bras et la regardait avec des yeux mauvais. Nora avait une peau qui ressemblait à du beurre blanc mais elle ne se baignait jamais dans le Pô. Quand venaient Damiano ou le fils de Zucca ou des soldats, elle s'arrêtait pour rire avec eux et se montrer. Moi, je ne comprends pas ce que les gens leur trouvent, aux femmes. « Tu verras, me dit une fois Ceresa, elles te plairont à toi aussi. » Mais jusqu'à maintenant, cela ne m'est pas encore arrivé.

Puis Ceresa se disputa avec Damiano. Il se disputa un jour où je n'étais pas là et j'en entendis parler à l'auberge le lendemain. Ils s'étaient battus à coups de poing et avaient crié si fort que les employés des tramways sur l'autre rive avaient entendu. Cette fois, je regardai en cachette le visage de Nora, pour voir si elle était furieuse elle aussi ; mais elle me parut effrayée, plutôt que furieuse. Ceresa au contraire ne dit rien et vint pêcher avec moi et ce jour-là, il n'y avait pas un seul poisson, et lui, de rage, prit le panier et le lança contre la pile du pont. Puis il s'allongea au fond de la barque et me dit de le reconduire à la maison.

Maintenant, si ce n'était pas lui qui me disait qu'il y avait quelque chose à faire, je ne venais pas de bon cœur à l'embarcadère. Il y avait des journées où nous restions sous l'appentis sans parler et où Nora ne s'asseyait pas. Mais c'était encore pis quand Nora allait et venait dans la cuisine ou servait les clients, parce que je m'attendais toujours à ce qu'elle dise quelque chose. Puis, une fois, je cherche ma petite barque — celle que je m'étais faite sur l'établi de l'appentis quand Ceresa me laissait travailler — et je ne la retrouve pas. Ceresa était assis par terre contre le poteau ; je lui demande où est ma barque ; lui me répond qu'il ne sait pas. Alors je cours à la cuisine, je demande à Nora et je l'entends répondre tranquillement qu'elle l'a mise au feu.

Ceresa me demanda ce jour-là pourquoi je n'apprenais pas un métier. « Mais je veux être batelier, répondis-je.

— Tu es fou, fait-il, tu ne vois pas quel fichu métier ? Dis à ton père de te mettre plutôt en usine, dis-le-lui. Tu ferais mieux d'être soldat. » Cela me fit de la peine, non pas pour moi qui n'étais rien, mais pour lui qui n'aimait plus le Pô. Je voulais lui dire d'épouser Nora, comme ça il la commanderait mieux, mais je ne savais pas s'il me répondrait. Je remis mon pantalon et je rentrai chez moi.

Nora s'était rendu compte qu'elle y était allée fort avec moi, parce que le lendemain elle m'appela à la cuisine et me fit bavarder. Elle me demanda si cela me plaisait tellement d'être batelier et si je n'avais pas peur de me noyer. Je lui répondis que cela me plaisait parce que c'était le métier de Ceresa. Puis elle me demanda si j'étais capable de l'emmener en barque. « Demandons à Ceresa s'il nous permet d'aller voir le barrage. Demain, s'il fait beau, on y va. »

Le lendemain elle se mit en maillot et emprunta le blouson de Ceresa. Nous prîmes le panier du goûter et elle s'assit sur les coussins ; Ceresa nous regarda partir en riant. Une fois passé le pont, je me mis à ramer en longs mouvements, et Nora me demanda si c'était loin. Je lui expliquai comment on enfonçait la rame et elle essaya : elle vint près de moi et pour un peu nous tombions à l'eau ; les femmes sont toutes les mêmes. Elle revint s'asseoir et me demanda si je savais nager quand l'eau était profonde. Elle savait qu'en bas du barrage on ne pouvait pas nager et elle me dit de m'arrêter au débouché du Sangone, là où l'eau est tranquille.

J'attachai la barque à terre et, pendant qu'elle me regardait, je fis un beau plongeon. Puis je nageai dans le Sangone et je lui criai que l'eau était plus froide que dans le Pô. Quand j'arrivai près de la barque, que je commençais à avoir pied je vis venir sur la rive Damiano et un soldat. Ils étaient amis, mais le soldat, je ne l'avais jamais vu. Alors, ils vinrent près de la barque et commencèrent à bavarder avec Nora. Je saluai Damiano mais sans me montrer très accueillant. Je montai tout seul dans la barque et je m'assis.

J'étais furieux que Damiano soit là, parce

que je savais qu'il ramait mieux que moi et, si Nora lui demandait de nous emmener au barrage, je passais pour un idiot. Mais Damiano et le soldat s'assirent sur la rive et commencèrent à plaisanter. Nora répondait et, au bout de quelque temps elle sauta elle aussi à terre et dit qu'elle voulait aller se promener. Le soldat mit la main sur la fermeture du blouson et dit en riant : « Il faut aérer. » C'était un Napolitain.

Je restai tout seul dans la barque et je pensais que, si Ceresa avait appris ça, gare à la casse, et alors je retournai à l'eau pour que ceux qui passaient ne comprennent pas que c'était une barque de Ceresa. Quand Nora revint, c'était déjà le soir et elle me dit que nous ne devions pas dire à Ceresa que nous avions vu Damiano. Cela, je le savais moi aussi.

Mais le lendemain, elle chercha à nouveau à se faire emmener — aux Mulini cette fois —, et il fallut que je ne vienne pas à l'embarcadère, parce que, entre Ceresa qui insistait et elle qui me regardait comme le font les femmes quand elles sont en colère, je n'aurais pas pu dire non. Je vins vers le soir et je la trouvai qui avait déjà mis sa jupe mais, au lieu de son corsage, elle avait encore le blouson de cuir. Sans doute qu'elle gardait son maillot sous sa jupe. Elle me regarda d'un air mauvais mais je restai avec Ceresa.

Les matinées de septembre étaient belles, quand le Pô dégageait de la brume et que nous attendions que le soleil la déchire peu à peu. Maintenant il y avait toujours quelque chose à faire à la forge ou au goudron et on ne voyait pas Nora très tôt parce qu'elle allait au marché. Ceresa parlait moins qu'autrefois mais je restais de bon cœur avec lui parce que je comprenais qu'il manquait de ressort et qu'il me laissait bricoler comme je voulais sous l'appentis. De temps en temps, il disait quelque chose et je lui tenais compagnie de cette façon.

Finalement ce fut la saison du raisin et un après-midi, nous en cueillîmes aux treilles qui couvraient l'auberge et nous fîmes notre goûter autour du seau. Il y avait aussi Nora et nous mangions en riant, tous les trois. Nora disait qu'il fallait faire attention parce que la nuit, on nous le volait. Puis, pour nous montrer où les voleurs pouvaient le cacher, elle ouvrit la fermeture-éclair de son blouson. J'aperçus qu'en dessous, il y avait de la chair nue, quelque chose de blanc avec des taches ; elle n'avait pas son maillot. Elle referma tout de suite. Tandis que nous goûtions, il y avait deux soldats qui buvaient de la bière à une table et l'un d'eux me semblait justement être cet ami de Damiano qui avait plaisanté avec Nora. Mais comment peut-on l'affirmer ? ils se ressemblent tous. Nora, en lui apportant la bière, ne s'était pas arrêtée.

Mais une heure après, je les revis tels quels, qui riaient et discutaient avec Nora. Ceresa était rentré à la maison. Je vis Nora se baisser sur la table et le soldat tendre la main comme l'autre jour, mais cette fois il descendit la fermeture et Nora, penchée, riait elle aussi. Je me retournai seulement quand j'entendis que Ceresa était sur le pas de la porte. Il m'appela et ne dit rien.

Un moment après, j'étais tout seul sur le terrain de boules, les tables étaient vides, et Nora et Ceresa étaient à la maison. Je restai pour écouter s'ils criaient, mais rien ne bougeait. J'avais seulement peur qu'il arrive un client ou qu'une barque revienne et que je doive appeler Ceresa. Au milieu des arbres, le ciel était clair et le soir venait ; j'avais froid. De l'autre côté des arbres, j'entendais les oiseaux qui volaient bas. Sur la digue, il ne passait même pas une auto. Tout le monde semblait mort.

Je fus pris de honte, de peur, je ne sais pas. Je pensais encore à cette blancheur de Nora. Il me semblait que tout criait et qu'on m'appelait. Puis la fenêtre s'ouvrit et Ceresa se pencha et dit : « Pino, file chez toi. » Il ferma aussitôt.

Le lendemain, j'y retournai le cœur serré. Je passai sur la digue sans descendre ; l'embarcadère était tranquille au milieu des arbres. Il n'y avait personne. De toute façon, je devais faire une commission à l'Octroi. Mais après déjeuner, je me décidai : il fallait que Ceresa sache que ce n'était pas ma faute. Je vois un tas de barques qui allaient et venaient devant l'embarcadère ; je vois deux policiers en civil arrêtés près d'une auto à l'entrée du sentier. Je comprends qu'on ne peut pas passer, et alors je fais le tour du pré. Sous l'appentis, tout le monde va et vient, mais Ceresa n'est pas là. Alors je trouve le fils de Zucca qui me dit que Ceresa a étranglé Nora et l'a jetée dans le Pô.

Moi, je voulais le voir pour lui parler de l'autre jour au Sangone, mais ils nous firent tous circuler et quand il sortit, on n'entendit que le bruit de l'auto. Ensuite, mon père me dit que moins j'en parlerais, mieux cela vaudrait, pour moi et pour tout le monde.

# PREMIER AMOUR

Avant de connaître Nino je ne m'étais jamais aperçu que les enfants avec lesquels je criais et courais sur la route étaient sales et mal raccommodés. Je les enviais même parce qu'ils allaient nu-pieds et que certains savaient poser le talon sur le chaume sans se faire mal. Mes pâles pieds citadins au contraire se recroquevillaient rien qu'à les poser sur les cailloux de la route.

De tout ce que j'avais appris d'eux, il n'y a que quelques jurons qui intéressèrent Nino. Nino habitait une villa à la sortie du village et avait de nombreuses sœurs plus âgées qui m'intimidaient. Je m'arrêtais près du petit mur et je regardais entre les barreaux, espérant que Nino était déjà en train de descendre les marches du jardin ; s'il tardait, je sifflais doucement en feignant d'être un serpent et je continuais de plus en plus fort, jusqu'au moment où le chien aboyait. Nino arrivait en courant parce que lui aussi avait peur du chien.

Il était impossible de proposer à Nino de se déchausser et de jouer avec les autres. Sans lui en avoir jamais parlé, après quelques rencontres, je m'aperçus qu'avec lui j'avais honte de mes camarades. Mais ce qu'il y a de beau, c'est que, d'après ce qu'il disait sans y prêter attention, on s'apercevait qu'il les connaissait tous, qu'il connaissait leurs jeux, comprenait ce qu'ils racontaient : en somme, on aurait dit l'un d'entre nous, si ce n'est qu'il portait un pantalon et une chemise encore plus propres que les miens et qu'il aimait se balader les mains dans les poches dans des ruelles isolées, épiant l'herbe et les fenêtres, regardant derrière les passants et faisant de temps en temps une grimace.

Nous avions treize ans, peut-être quatorze et, à vrai dire, moi aussi je me sentis tout à coup, cet été-là, insatisfait de ces loqueteux : quand ils avaient notre âge, ils étaient mous et bêtes, quand ils avaient l'air maigre et éveillé comme nous, ils avaient déjà dix-huit ans et on n'était plus d'accord.

De quoi nous parlions avec Nino les premiers jours, je ne m'en souviens pas bien. Je sais qu'une fois, je lui demandai combien de sœurs il avait. « Aucune, me répondit-il.

— Comment ? Et toutes ces femmes ? ce ne sont pas tes sœurs ?

— Elles sont toutes comme maman, me répondit-il en penchant la tête sur le côté, comme il faisait souvent. De vraies sœurs, il n'y en a pas une seule. »

Moi, je lui racontais qu'une fois, j'étais allé à la chasse avec un soldat en permission ; je lui racontai si souvent, en long et en large, qu'un beau jour Nino me fit : « Boum.

— Qu'est-ce qu'il y a ? lui demandai-je.

— Je vais à la chasse moi aussi ; on n'a pas le droit ? »

J'essayai de l'emmener au canal d'irrigation où quelques-uns de mes camarades du matin pêchaient au filet, tout trempés d'eau et de boue. Nino se tenait à l'écart, souriant d'un air absent quand, du canal, je cherchais son regard et son approbation ; et une fois où le fils du forgeron lui jeta son filet ruisselant en lui criant de l'attraper, il s'écarta et ne le ramassa pas. Ils le traitèrent alors d'« empoté » et je tentai de le justifier en expliquant qu'il portait un costume neuf. Mais Nino les insulta et, comme ils se mirent à lui lancer de la boue, il cria, exaspéré, qu'il connaissait quelqu'un qui les mettrait au pas.

Nino passait les matinées chez lui, errant dans les chambres ; la première fois que je vins le chercher, tournant la tête en direction de sa fenêtre, une femme grande et belle apparut ; elle jeta un regard vers le jardin et me fit signe d'approcher. Je fis semblant de ne pas avoir remarqué et je m'esquivai. J'eus peur que Nino m'en parle par la suite, mais il n'en fut rien.

À partir de ce jour je partageai mes journées en deux. J'allais presque tous les matins, en cachette, à l'endroit où paissaient les chèvres, avec les mêmes gamins qu'avant, et je les étourdissais avec des histoires de la ville qui devint peu à peu comme une de mes propriétés, où avaient lieu d'extraordinaires aventures dans les trams et les ascenseurs. Je m'interrompais de temps en temps pour rattraper une chèvre moi aussi, ou bien j'écorçais une branche, ou je chassais des sauterelles. L'après-midi, aux heures chaudes, que je passais auparavant dans le fenil ou dans l'étable, j'allais maintenant chercher Nino et j'avais l'impression de perdre mon temps, de m'ennuyer et pourtant, tous les jours, j'étais là et, quand nous revenions après une promenade tortueuse dans la montée de l'église ou le long des champs, j'aurais voulu entrer avec lui dans le jardin, m'asseoir dans les fauteuils de rotin et me faire humilier par ses sœurs. Mais la première fois que Nino m'invita, je n'osai pas.

Au retour de notre aventure au canal, je lui déconseillai de mêler les parents à nos affaires. Nino rit entre ses dents et me dit que, si j'avais peur que les femmes de chez lui entendent parler de ces loqueteux, je pouvais être tranquille. Son ami était bien différent.

Il me le fit entendre en train de rire, un après-midi, alors que nous passions devant l'arrière-boutique du marchand d'engrais. Dans la ruelle, était arrêtée une auto basse que j'avais déjà vue. De la porte entrouverte, venait le bourdonnement sourd de nombreuses voix et un robuste éclat de rire le domina soudain suivi de quelques autres plus rauques. Dans la puanteur du soufre et des engrais, Nino se détacha et dit : « Il va sortir. » Un vieil ouvrier agricole sortit, nous reconnut et nous fit signe ; puis, ayant ouvert la porte, il cria : « Jette. »

On lui lança un petit sac ferme, qu'il attrapa au vol et déposa dans la voiture. On lui en lança un autre, puis un autre encore.

« Aide-nous, jeune homme », dit le paysan en découvrant ses gencives. Nino enjamba le seuil et disparut. Je restai près de l'auto cherchant à deviner les ombres qui s'agitaient à l'intérieur.

Quand l'auto fut presque pleine — j'aidais le vieux à ranger les sacs — apparurent sur le seuil Nino et un homme frisé, un foulard autour du cou, une ceinture rouge et des bottes. Il avait les manches retroussées et occupait toute la porte. Nino lui arrivait au coude.

Il parla d'une voix souriante à Nino, et à moi également : « Vous êtes devenus amis, hein ? » Il me fit un clin d'œil et me prit une main ; j'essayais de me dégager. Il me força deux ou trois fois à plier l'avant-bras, puis il dit : « Nino, ne te bats pas avec lui parce qu'il est plus fort que toi. » Puis, se redressant, il regarda tout autour de lui et demanda : « C'est fini ? »

Il sortit une cigarette et l'alluma. Il bondit dans l'auto et nous dit : « Salut », et il partit.

Ce soir-là Nino s'échauffa en me parlant : il ne pouvait pas rester en place sur la murette où nous allâmes nous asseoir mais il n'avait pas son habituel regard inquiet. À chacune de mes questions, il étincelait de joie.

Bruno était chauffeur mais c'était un véritable ami pour Nino. Il était venu les chercher à la gare le jour de leur arrivée et tout le long du chemin qui monte à la villa en faisant le tour de la colline, il avait parlé avec lui, répondant à peine à sa mère et à ses sœurs quand elles parlaient, mais lui expliquant tout, à lui. Et maintenant encore il lui demandait parfois comment allaient ses petites poules de sœurs, et petites poules signifiait « bêtes comme des poules ». Bruno n'aimait qu'une chose dans ses sœurs : les cigarettes américaines qu'il se faisait apporter par Nino chaque fois que c'était possible, dans leur boîte, parce que tout leur prix tenait à la boîte.

Nino parla de tout ce soir-là ; il parla de la salle de bains de chez lui où il y avait un parfum meilleur que dans les prés et il aurait voulu y conduire Bruno pour qu'il se débarrasse de sa puanteur d'homme fait mais propre ; mais surtout il aurait voulu aller avec lui et moi en voiture, en balade par les villages des collines, en s'amusant et en apprenant à conduire.

Bruno le lui avait promis, mais l'occasion ne se présentait jamais. Bruno tourmentait tout le monde et s'amusait à dire sans arrêt à Nino que tout le monde était plus fort que lui. Et Nino me pinça à m'en arracher la peau et fit un bond en arrière. « On va voir si tu es plus fort que moi », cria-t-il avec rage et il ramassa une pierre.

« Pourquoi fais-tu ça ? » lui aurais-je demandé si ç'avait été un de ces moments où nous nous arrêtions en silence devant la grille de la villa, avant de nous quitter. Mais si ç'avait été un de ces moments-là, nous n'aurions même pas parlé. Je ne comprenais vraiment pas quel besoin Nino pouvait bien avoir d'interrompre le plaisir de notre conversation pour me dire une méchanceté. Je ne prenais pas de bains, comme lui, dans une belle baignoire, mais je regrettais d'être le plus fort.

« Il dit à tous les autres qu'ils sont plus forts », dit Nino en lâchant sa pierre et en s'approchant avec un visage mauvais.

Je me méfiais et je ne répondis pas par un sourire semblable.

« À toi aussi, il te plaît, Bruno, hein ? poursuivit Nino. Attention, lui, il aime les poules. Mes sœurs.

— Toutes ? m'écriai-je.

— Toutes, dit Nino.

— Mais les hommes en choisissent une, fis-je.

— Que tu es bête, répondit Nino. Il n'est pas question qu'il les épouse. »

Je revins chez moi dégoûté, honteux des moustaches de mon père et de la toile cirée tachée de vin sur laquelle nous mangions le soir. Ma petite sœur hurlait. Je n'avais jamais été en auto et je pensais combien ce serait beau d'y aller avec Nino et Bruno ; mais cela me vexait que les sœurs de Nino soient bêtes et lui si mauvais. Heureusement je ne lui avais pas dit qu'une nuit j'avais rêvé d'elles.

Le lendemain matin, j'eus honte d'aller encore dans les prés avec mes camarades habituels, et je me disposai à passer le temps comme Nino, à déjeuner, faire ma toilette, aller et venir dans la maison : en somme, arriver comme lui jusqu'à midi. Mais à dix heures j'étais dans la cour et je ne savais plus que faire.

Les pommiers bas au fond, à côté des dépendances, je les connaissais par cœur. Je fis quelques pas sous la voûte d'en face, là où était le tas de fagots de l'année précédente et la femme du métayer passa, portant un seau. Elle avait un foulard jaune sur sa tête grise et elle avait retroussé ses manches. Alors je compris pourquoi Nino pouvait rester toute la matinée sans jouer : dans son jardin, ses sœurs allaient et venaient et vraiment ce devait être très agréable de vivre avec elles puisqu'elles plaisaient même au chauffeur. Moi, je n'avais que ma mère et la servante qui s'affairaient comme les paysans, et mon père ne rentrait que le soir.

La femme du métayer courut à l'étable. J'entendis la vache meugler rageusement, comme si elle pleurait. J'allai à la porte. La femme accourut, irritée. « Va-t'en, va-t'en, me dit-elle, en se plaçant devant moi pour obstruer l'entrée, il ne faut pas regarder. Va chercher Pietro ; dis-lui qu'il est temps. Compris ? » Pietro était en train de piocher au bout d'un champ, derrière la maison. Je revins avec lui, il passa d'abord à la cuisine pour boire une gorgée à la bouteille ; et nous arrivâmes à l'étable. À nouveau la vieille me repoussa. Pietro se retourna et grommela : « Va dire à ta mère que nous allons faire naître le veau. »

Je restai là à me balader, sursautant de

peur à certains beuglements bestiaux qui éclataient dans l'air frais, suivis de gargouillements mourants. Puis des voix surexcitées sortirent ; la femme du métayer s'exclamait et enfin, le bruit de l'eau qu'on jette et un tintement de chaîne. Je pensais au gros ventre déformé de la vache que j'avais vu quelques jours auparavant.

Soudain, je pensai à Nino et je m'élançai pour arriver à temps. J'arrivai devant la villa au moment où sortait une de ses sœurs, la blonde, qui avait la peau toute blanche, et qui me plaisait quand elle passait à bicyclette. Elle posa sa main sur ma tête en riant et me demanda ce que j'avais. Je cherchais Nino. « Pourquoi ? insista-t-elle.

— Il y a un veau qui vient de naître chez nous », bégayai-je tout rouge. La femme me regardait, elle ôta sa main et rit très fort.

« Il est beau ? » demanda-t-elle. Je ne sus que répondre. Elle rit encore et, se retournant, elle appela : « Nino ! » Quelqu'un répondit. Alors elle me fit un geste de la main, en me regardant à peine, et elle s'en alla en ouvrant son ombrelle.

Quand Nino arriva — le chien aboyait et courait en tous sens, faisant tinter sa chaîne

— je n'avais plus envie de l'emmener à l'étable. J'étais repris par la honte de cette cour sale devant chez moi. Je dis seulement : « Tu veux venir ? »

Nous achevâmes cette matinée au canal, où se trouvaient les lavandières. Nous nous taisions tous les deux.

« Tu as déjà vu naître un veau ? demandai-je tout à coup, moi, j'en ai vu un naître ce matin. Ça faisait peur. »

Nino me demanda : « Il criait ?

— Non, c'est sa mère qui criait, répondis-je, la vache.

— Pourquoi ne m'as-tu pas appelé ? »

Je pris un air vexé, comme la veille.

« Idiot, dit Nino tout excité, on aurait vu comment naissent les enfants. Tu as vraiment vu comment elle a fait ?

— Tu n'as jamais vu naître un enfant ? », répondis-je d'un air important.

Nino se tut et regarda par terre. Les lavandières battaient les vêtements sur les pierres. Il y en avait une grosse, les manches retroussées jusqu'aux épaules, qui frappait à coups robustes, en montrant son aisselle et en riant, tournée vers une de ses compagnes. Tout son corps tressautait, accroupi dans les jupons dont elle était fagotée.

« C'est comme quand on voit chier un cheval, repris-je d'une voix incertaine. Seulement, c'est plus gros.

— Tu as vu, pour de bon ?

— Bien sûr, répondis-je.

— Toi aussi, tu es né comme ça, dit Nino avec rage.

— Oui, moi aussi », répondis-je tranquillement.

Alors Nino se lança un coup de poing dans la figure et se laissa tomber par terre. Debout à côté de lui, je le regardais avec embarras. Je m'assis pour lui dire la vérité mais à ce moment-là, il se mit à rire.

Il riait jaune cependant. « Si tu veux venir en auto avec nous, dis-moi comment ça se passe. »

Je fixai Nino : il avait les yeux et les lèvres enflammés. Il balbutia à voix basse : « Tu as vu ta mère ? »

Je le regardai avec stupéfaction et je fis : « Idiot que tu es.

— Dis-le-moi, qui est-ce que tu as vu ?

— J'ai vu le veau.

— Pas de femmes ?

— Non », et je fixai le sol.

La voix de Nino explosa près de mon oreille : « Alors, tu ne sais pas comment elles font ? »

J'avouai que je n'avais même pas vu le veau.

Alors Nino se roula dans l'herbe et se leva d'un bond. « Moi, je le sais comment elles font, dit-il, ça saigne et on doit leur arracher le bébé.

— Ce n'est pas toujours que ça saigne.

— Si, ça saigne toujours puisque les femmes crient.

— Non, dis-je, écoute », et je lui expliquai que j'avais vu une vache après la naissance d'un petit veau, et qu'il n'y avait pas de sang et que le veau était seulement un peu mouillé.

« Les femmes saignent, insista Nino. Tu ne sais rien. »

Il m'expliqua d'une voix rauque comment faisaient les femmes. Je ne l'interrompis pas, mais je fixais l'herbe.

« Tes sœurs aussi ? demandai-je à la fin.

— Elles aussi. »

Cet après-midi-là, Bruno arriva à l'improviste dans le village et nous emmena avec lui en voiture parce qu'il emportait une dame-jeanne à la gare et qu'il avait de la place. Il nous mit sur le siège arrière pour tenir la dame-jeanne et on partit. Tout le long du chemin, je retins mon souffle et j'avais l'impression de voler de même que volaient les arbres, les bornes et les passants. Je fermais à demi les yeux dans le soleil, je voyais la nuque immobile de Bruno au-dessus de son mouchoir rouge et les soubresauts de son bras posé sur le volant. Je craignais qu'au moment où nous nous arrêterions, la dame-jeanne tombe.

Mais tout se passa bien et c'est moi qui vacillai, couvert de sueur, quand je fus à terre. Bruno transporta en criant la dame-jeanne vers le dépôt ; puis il nous conduisit au bistrot de la gare. Je m'assis, intimidé, dans la pénombre fraîche, en faisant comme Nino qui regardait tout le monde dans les yeux et riait avec Bruno, levant la tête pour le regarder.

Bruno demanda à boire et Nino voulut un granité.

Nous avions à peine mouillé nos lèvres que Nino déglutit et dit sournoisement : « Berto, raconte à Bruno que tu as vu naître un bébé. »

Bruno me regarda de travers, d'un seul œil. Il posa son verre en serrant les lèvres.

« Mais c'est toi… », répliquai-je, furieux.

Bruno épongea la sueur de son visage. Il se tourna vers Nino : « Dis-lui qu'il apprenne à être un homme, plutôt. Vous en avez besoin, à votre âge. Pour le reste, ce sont les femmes qui s'en occupent.

— Il y a un veau qui est né..., dit Nino.

— Ce sont deux ânes qui sont nés, l'interrompit Bruno. Vous n'avez pas d'autre sujet de conversation ? »

Il s'épongea à nouveau le front. Il avait l'air ennuyé et nous nous taisions, baissant les yeux. Nino mangeait son granité, la tête basse.

« Nino, elle t'a donné des cigarettes, Clara ? »

Clara, c'était la sœur blonde. « Elle les a cachées », répondit Nino.

Bruno roula la sienne, en disant d'un ton indifférent : « Vous voulez venir demain aux Robini ? On reviendra pour midi. Tu viens aussi, Berto ? »

Nino dit : « Donne-moi une cigarette. »

Je regardai la main de Bruno rouler la cigarette et je n'osai pas en demander une aussi. « Nino, tu y vas demain ? » demandai-je en revanche. Nino regarda Bruno du coin de l'œil et demanda à voix basse : « On restera au petit mur ? » Bruno acquiesça et lui tendit la cigarette. Je ne comprenais pas la pâleur de Nino. Je vis sa main trembler tandis que Bruno lui donnait du feu.

« Bois du vin, dit Bruno. La glace, c'est pour les malades. » Je savais que le vin rouge répugnait Nino et cependant je le vis tendre son verre et l'approcher lentement de ses lèvres. Il l'avala tout entier.

« Allez, dit Bruno. Cet hiver, quand vous serez en ville, vous n'aurez plus de bon vin. Vous êtes maigres en ville. Toi, Berto, tu as déjà une petite amie ? »

Je répondis avec gêne : « On n'a pas le temps ; en hiver, on va à l'école.

— Parce qu'en été, tu en as une ?

— Moi… non. »

Bruno se mit à rire de bon cœur. « Bravo. Vous vous voyez en hiver avec Nino ?

— Cette année, on se verra, dis-je vivement à Nino.

— Méfie-toi : Nino apprend l'escrime et il va t'embrocher », me fit Bruno avec un clin d'œil.

Nino ne parlait pas. Il but un autre verre et il m'écoutait à peine. Il suivait des yeux le bracelet de cuir qui ceignait le poignet carré de Bruno. Tout à coup, il demanda à quoi il servait.

« À casser la figure à ceux qui font les malins, expliqua Bruno. On donne un coup de côté, du revers de la main, comme ça on ne se blesse pas les doigts, et ça fait le même effet qu'un gant de boxe. Une nuit, à Spigno, il y en a un qui passe près de ma voiture, j'étais arrêté à la gare, et il crache dedans. Il crache et il s'en va. Il ne faut jamais tolérer un crachat, parce que celui qui crache a peur. Je lui fonce dessus et je lui démolis le portrait. Comme ça. Vous voyez à quoi ça sert ? »

Nino toussa sur sa cigarette, sans quitter du regard le visage fier de Bruno. Comme les autres fois où nous avions fumé derrière l'église, lui supportait très bien la fumée. Ce devait être le vin qui le troublait. Ou peut-être quelque histoire avec Bruno. Pourquoi Bruno appelait-il sa sœur par son prénom ?

« Quand ta mère et tes sœurs feront cette promenade à Acqui dont elles ont parlé, je te ferai voir la place où j'ai arrêté une fois un chien enragé en lui mettant ce cuir dans la gueule. Vous voyez la marque des dents ?

— Je n'irai pas à Acqui avec vous », dit Nino.

Bruno se mit à rire. « Berto, finis de boire. Alors, à demain. »

Nous allâmes aux Robini, et tout le long de la route qu'il parcourut à toute vitesse, Bruno sifflota en se retournant vers moi après chaque virage. Nino, assis à côté de lui, restait le menton sur la poitrine comme si on l'avait battu ; et deux ou trois fois il tourna son regard sur les collines, vers le ciel, avec un sursaut comme s'il venait de s'éveiller.

« La campagne est sèche cette année », dis-je d'un ton résigné comme faisait mon père.

Bruno ne se retourna pas, il s'engagea dans une petite route sur le côté, qui montait au milieu des acacias. Après environ cinq minutes à écarter les branches de notre visage, il nous arrêta à mi-côte près d'un petit pont bordé d'une murette au-dessus d'un ravin. Il descendit d'un bond et nous dit : « Alors vous m'attendez. Vous gardez la voiture. » Il arrêta le moteur et retira la clé. « Ne touchez à rien, de toute façon, elle ne bougera pas. Un peu de bonne humeur, Nino. » Il nous donna à chacun une cigarette et l'alluma. « Si quelqu'un monte la route, qui que ce soit, vous donnez un coup de klaxon. Compris ? Si tout va bien, après je te laisserai conduire,

Nino. Toi aussi, Berto, et faites attention, qui que ce soit. » Il prit le sentier qui montait et disparut au milieu des acacias.

Maintenant, il faisait grand soleil et nous, protégés par l'ombre des acacias, nous dominions une longue partie de la petite route en pente. Personne ne pouvait venir de la grand-route sans que nous nous en apercevions. Je n'étais jamais allé là-haut.

Nino, manifestement, était déjà venu. Sans se retourner, il fumait, assis au volant et ne s'intéressait pas au tableau de bord qu'il avait sous les yeux. Il fumait comme un homme, sans regarder sa cigarette, par intermittence.

« Il va être parti longtemps, Bruno ? » demandai-je.

Nino ne répondit pas. Je descendis, je fis le tour de la voiture et je jetai un coup d'œil sur les phares et les pneus couverts de poussière. Je regardai en bas de la murette le ravin desséché : ce n'est qu'avec les pluies d'automne qu'il devait s'emplir et bouillonner. Des racines noueuses y affleuraient, donnant envie de descendre s'il n'y avait eu la peur des serpents. J'y jetai mon mégot puis je cherchai à l'éteindre en crachant dessus. Nino ne bougeait pas.

« Laisse-moi m'asseoir un peu moi aussi », fis-je en me retournant.

Nino me regarda, plissant les yeux comme il le faisait quand il était mauvais.

« Tu sais où il est allé ? » demanda-t-il.

Je haussai les épaules. À ce moment, un chien, pas très loin, se mit à aboyer.

« Voilà, dit Nino, maintenant il est arrivé chez la femme. Il va voir la femme ou la fille de Martino ; elles attendent, ils attachent le chien et ils vont coucher ensemble.

— Mais il fait jour », dis-je.

Nino haussa les épaules. « Ils se mettent sur le lit, poursuivit-il. Comme ça, ils vont plus vite. Mais il y reste bien une heure » — et il rit — « si personne ne vient.

— Et Martino, où est-il ?

— Martino est allé à la gare. J'ai entendu ça hier.

— Et s'il arrive ?

— S'il arrive, nous sommes là pour klaxonner. »

Je n'étais pas convaincu. « C'est Bruno qui te l'a dit ? » Nino me lança un regard mauvais et jeta sa cigarette.

« Je n'y crois pas, repris-je. Il faudrait trop de temps. Bruno a autre chose à penser. Et puis il doit conduire la voiture…

— Et alors ?

— ... Il serait trop fatigué..., dis-je en hésitant.

— Bruno est fort, fit Nino rageusement. Mais tu vas voir.

— Quoi ?

— Tu vas voir. »

La petite route tachée de soleil était toujours déserte, et dans la chaleur, les feuilles tremblaient sous mes yeux. Ou plutôt c'était mon cœur qui battait désemparé, et le village, la maison, paraissaient bien loin de cette solitude et de ces pensées. Si seulement Nino n'avait pas eu ce ton hostile. Je pensai à Clara qui était à la villa et ne savait rien de nous. Elle aussi, c'était une femme. Titubant, je m'assis alors sur le marchepied de la voiture.

« Je n'y crois pas, dis-je soudain. La femme de Martino va toujours à l'église.

— Toutes les femmes vont à l'église. Tu ne sais pas qu'elles se marient à l'église ? Et on se marie pour coucher ensemble, non ?

— Je n'y crois pas, dis-je. Bruno est un homme comme nous.

— Tu sais ce que je vais lui faire ?

— Quoi ?

— Tu vas voir. »

Je montai en auto et je m'assis à côté de Nino qui me regardait en coin. Il sifflotait tout bas.

« En ce moment, ils sont en train de s'embrasser, dit-il, les dents serrées.

— Nino, m'écriai-je, si Martino revient, qu'est-ce qu'on fait ? Il racontera tout chez nous…

— Il ne reviendra pas, répondit Nino. Il y a quelqu'un ? » Il se retourna et scruta la petite route, la grand-route et toute la plaine. Nous tendîmes l'oreille. Personne.

« Maintenant ils se sont déshabillés, continua Nino tout pâle.

— Mais…, bafouillai-je.

— Et alors, on y va », cria Nino et il appuya sur le bouton du klaxon.

Les aboiements du chien répondirent. Il me sembla que tout le sous bois se mettait à bruire dans l'instant qui suivit. Je fis un geste pour arrêter la main de Nino, mais déjà le hurlement rauque du klaxon, semblable à celui d'un homme qu'on étrangle, retentissait à nouveau.

Quand Bruno, d'un bond, déboucha du sentier, nous étions blottis dans l'herbe derrière les troncs d'arbre où m'avait entraîné Nino. Bruno regarda autour de lui puis regarda la petite route tandis que sa ceinture rouge pendait de sa main.

En attachant son pantalon, il regarda encore autour de lui. Il appela : « Nino ! » à voix basse. Nino me serra le bras.

Bruno était monté dans l'auto et il scrutait la grand-route là-bas, en bougeant les lèvres. Il avait les cheveux en désordre et le visage comme s'il venait de sortir de sous la pompe. Il descendit de voiture et alla vers les arbres. Nous tournant le dos, il se planta, les jambes écartées, et au bout d'un instant j'entendis qu'il pissait. Nino étouffa un rire.

Bruno vint alors vers nous, regardant en l'air et se reboutonnant. Il se baissa soudain et sauta au milieu des branches. Il attrapa par une jambe Nino qui s'enfuyait et le jeta par terre. Je m'étais relevé et je regardais. Sans parler, Bruno serra dans son poing les deux poignets de Nino et le souleva comme un lapin. En le tenant loin de lui, parce qu'il lançait des coups de pied en geignant, il commença à le frapper du tranchant de la main sur les côtes et à chaque coup, il poussait un rugissement et il serrait les lèvres. Un instant il me regarda sans me voir et alors, je me sauvai sur la route. J'entendis encore quelques coups sourds puis Bruno apparut tenant Nino sous le bras et le jeta dans la voiture. Il me dit d'une voix mauvaise : « Monte, on rentre. »

Pendant tout le chemin, Nino, recroquevillé à côté de Bruno, ne dit pas un mot. Je sentais le vent frais sur mon visage comme si j'avais la fièvre. Devant la villa, Bruno arrêta. Il me regarda descendre et un instant, il me sembla qu'il riait. Nino leva la tête, repoussa mon bras et descendit d'un pas hésitant. Il cracha par terre et s'éloigna dans le jardin en boitant.

Le lendemain, je n'osai pas appeler Nino parce que, quand je m'approchai de la grille, je vis deux de ses sœurs assises dans le jardin, les brunes, qui tendaient leurs jambes au soleil ; l'une d'elles lisait.

C'est à nouveau Clara qui, vers le soir, tandis que j'errais soucieux dans les parages, arriva derrière moi à bicyclette et descendit vivement.

« Où êtes-vous allés hier ? me demanda-t-elle.

Qu'est-ce que Bruno a fait à Nino ? où étiez-vous ? continua-t-elle.

Parle. De toute façon je le sais. Nino est au lit aujourd'hui. Qu'est-ce que vous avez fait à Bruno ?

— Où est Bruno ? » dis-je.

Alors Clara me regarda avec attention et se mit à marcher vers la grille en poussant sa bicyclette.

« Je ne sais pas où est Bruno. Je ne le connais pas. Mais vous lui avez fait quelque chose parce que Nino ne veut pas me le dire. Vous êtes allés aux Robini ?

— La voiture s'est renversée, répondis-je.

— Qu'est-ce que vous faisiez aux Robini ?

— Rien. On apprenait à conduire. »

Nous étions au milieu du jardin. Et les chaises d'osier sous le parasol étaient vides. Le gravier crissait sous nos pas.

« Vous êtes allés voir quelqu'un ?

— Oh, non. »

Clara demanda d'un ton sérieux : « Nino est au lit. Tu veux venir le voir ?

— Oh, non, je passerai demain le prendre. Il est tard », dis-je en m'arrêtant.

Clara sourit. « Comment va le veau ?

— Quel veau ?...

— Celui qui est né l'autre jour. Il est à toi ? »

Je répondis d'un signe de tête. Clara appuya sa bicyclette contre le mur et monta les marches. « Ciao, petit veau », cria-t-elle en se retournant. J'observai qu'elle était très grande.

Pendant plusieurs jours, Nino ne sortit pas et je passais devant la villa en espérant voir quelqu'un. C'était une saison — début août — où il n'y a rien dans la campagne : les pommes et les premières prunes finissent en juillet et jusqu'à septembre il n'y a pas encore de raisin. Ça ne valait pas la peine, en attendant Nino, de refaire amitié avec les autres et je me mis à me balader dans les chemins. Malgré tout, être tout seul, c'est bien un certain temps, quand on pense à quelque chose ou qu'on a vu Clara entre les barreaux du jardin : toute la journée, c'était ennuyeux.

Je me rappelle qu'il y eut, un après-midi, un orage terrible, sans grêle, mais froid et noir, qui effraya beaucoup ma mère et les bêtes dans l'étable, et qui, à moi, ne me déplut pas parce que la soirée fut fraîche et que le lendemain matin il y avait des flaques d'eau et des couches de feuilles jonchant le sol. À ce moment-là aussi je pensais à Clara et à ses sœurs : est-ce que la foudre leur avait fait peur ?

Quand finalement on le revit, Nino ne fut pas bavard, et une fois ou deux je me mis à rire en le regardant s'asseoir sur les murettes avec quelque prudence. Lui me regardait en coin et on se serait cru revenus aux premiers temps, quand nous nous promenions sans mot dire. Il vint avec un paquet entier de belles cigarettes écrites en arabe, qui me laissèrent étourdi et parfumé. Un matin où j'étais retourné au canal, je le vis arriver tranquillement, la veste sur l'épaule ; il se mit à fumer assis sur la digue. Aussitôt nous fûmes tous autour de lui et il donna des cigarettes à deux ou trois d'entre nous puis cracha dans l'eau. Puis il demanda négligemment :

« Vous avez vu le chauffeur des Ca' Nere ? »

Il en parla avec le blond des Mulini qui avait un frère, porteur à la gare et on convint que, au plus tard, Bruno passerait au village le 15 août pour charger de la farine.

Nino dit avec calme : « Il y a Martino qui le cherche pour lui faire la peau. »

Le fils du forgeron observa que cette cigarette avait le goût de miel, mais qu'elle était forte. Nous revînmes vers chez nous, les quatre plus jeunes (le forgeron avait déjà un vieux pantalon long qui arrivait jusqu'à ses chevilles nues et il se grattait la poitrine sous sa chemise). En deux ou trois jours, Nino se lia avec eux et ils parlaient entre eux avec des ricanements et des coups de coude.

Le jour vint où Nino me demanda : « À toi, il ne t'a rien fait, Bruno, l'autre fois ?

— Qui est-ce qui a klaxonné ? » répondis-je.

Nino — il avait le regard fuyant à cette époque-là — me jeta un coup d'œil tout en marchant.

« Toi, Berto, tu es naïf. »

Déjà, depuis quelques jours, je ne le voyais plus l'après-midi. Il allait faire un tour avec l'un des autres ; ils allèrent même pêcher et j'appris qu'une fois, Nino avait apporté, en plus des cigarettes, une boîte de pêches au sirop. Je lui dis alors : « Méfie-toi, ils ne t'aiment pas et ils ne viennent avec toi que parce que tu leur apportes quelque chose. » Mais Nino me répondit qu'il savait cela aussi.

Le soir des feux de joie de l'Assomption, Nino ne se montra pas et ses sœurs ne sortirent pas dans le jardin pour regarder les feux qui piquetaient les collines. C'était la première année que je passais cette fête seul et inquiet. Je sus le lendemain par un camarade que Nino était allé avec les autres faire un feu de joie dans le champ des Mulini et qu'à un certain moment, il avait, d'une bourrade, jeté le fils du forgeron dans le feu et que maintenant l'autre le cherchait pour le tuer.

Nino, cette fois, me fit appeler par le jardinier et me supplia d'aller chercher Bruno. Les Ca' Nere étaient loin ; j'y allai cependant et je dis au garage qu'ils envoient Bruno à la villa. Comme je rentrais dans le jardin, des pierres et des mottes de terre me tombèrent dessus : c'était le fils du forgeron avec les autres, aux aguets, pour le cas où Nino sortirait.

Quelques heures plus tard, arriva Bruno tout guilleret, avec son foulard et ses bottes, et nous le fîmes arrêter à la grille en espérant que les autres lanceraient des cailloux. Bruno croyait qu'on l'avait appelé au sujet de la promenade à Acqui et il flanqua une calotte à Nino ; Nino, en rougissant, revint à côté de lui et lui demanda s'il voulait faire la paix. Bruno ne se laissa pas émouvoir ; il regardait au fond du jardin. Puis il partit d'un grand éclat de rire et dit : « Ça va, de quoi as-tu besoin ? »

À ce moment-là, une motte de terre atteignit Nino dans le dos. Nino fit un saut de côté, serra le poing de Bruno et lui dit : « Rosse-les, ces misérables. » Quand Bruno sut qui c'était et ce qu'ils voulaient, il se tourna un peu pour les regarder et il nous dit d'une voix forte : « Vous êtes pires que les femmes, vous aussi. Et que les autres là-bas ne m'ennuient pas, parce qu'il y en a pour tout le monde. » À ce moment, Clara apparut, ils se reconnurent et se mirent à parler de la promenade à Acqui. Nino m'appela dans l'allée pour me montrer quelque chose et j'entrai dans le jardin, en me retournant pour regarder Clara qui écoutait appuyée à la grille.

Une minute après, Bruno reçut un caillou en pleine figure et Clara poussa un cri ; nous accourûmes : Bruno était déjà en train de frapper à coups de pied deux gars de la bande, dont le fils du forgeron. Je m'arrêtai à la grille, frémissant d'excitation et serrant les poings, sous les yeux de Clara : s'ils en voulaient encore, j'étais prêt.

Bruno revint en riant et, prenant congé de Clara, il lança une autre calotte à Nino. Nous étions tous agités.

Il y eut ensuite de belles journées d'août et

Nino me laissait souvent entrer dans le jardin (le chien était attaché derrière la villa) quand nous revenions de quelque expédition. Une fois, nous nous assîmes pour goûter de pain et de confiture sous le parasol et Nino, étendu dans le fauteuil, me dit qu'en ville aussi il mangeait toujours de la confiture et que cet hiver il me ferait venir avec lui à la leçon d'escrime et que je verrais comme c'était beau. Puis, l'année prochaine, il retournerait à la mer en juillet et, si je venais aussi, nous sortirions en barque ensemble. Il me décrivit les périssoires, mais pour y aller, il faudrait d'abord que j'apprenne à nager.

« Elles ne se marient pas, tes sœurs ? lui demandai-je.

— Il y en a une qui est mariée, répondit-il, elle n'est pas ici. L'année dernière, Clara devait se marier, mais ils se sont fâchés.

— Et ta mère ? »

Sa mère était une des brunes, que j'avais prise pour sa sœur. Je ne voulais pas y croire.

« Il n'y a que des femmes chez moi, disait Nino. Si seulement Clara était partie. »

Comme ça, c'était bien d'être avec Nino. Il ne me disait plus de méchancetés. On fit avec Bruno une autre promenade en voiture jusqu'au village voisin, sans nous disputer cette fois. Clara nous donna des cigarettes pour lui, il les fourra dans sa poche en riant.

Il n'y avait que le fils du forgeron qui nous donnait des craintes : il avait encore les cheveux roussis et il nous regardait fièrement, de loin, en tordant la bouche.

Mais une fois, il apparut, l'air sournois, sur le parvis de l'église où nous nous promenions, et il vint vers nous. Il demanda une cigarette à Nino. Nino haussa les épaules. Alors il lui dit : « Si tu m'en donnes une, je te raconterai quelque chose de si beau qu'après tu m'en offriras un paquet.

— Donne-la-lui, murmurai-je à Nino, comme ça, vous ferez la paix. »

Mais Nino n'en avait pas. L'autre riait. « Ça ne fait rien. Venez jusqu'à l'Orto, je vais vous montrer quelque chose d'exceptionnel. »

Nino dit : « Tu nous prends pour des idiots. »

Alors le fils du forgeron approcha ses dents jaunes de l'oreille de Nino et chuchota quelque chose. Nino devint tout pâle, fit un bond en arrière, me regarda, le regarda, et demanda en bégayant : « Parole d'honneur ?

— Qu'est-ce qu'il y a ? fis-je.

— Allons-y », dit Nino.

L'Orto, c'était une ferme derrière la villa sur le flanc de la colline. Entre la villa et un premier ravin s'étendait une grande vigne, presque plate, fermée par une jonchaie et à moitié en friche. Nous arrivâmes à la jonchaie et, d'un saut, nous débouchâmes au milieu des rangées de ceps. Je ramassai en silence une branche noueuse pour le cas où le fils du forgeron nous aurait préparé une embuscade.

« Tu as vu Bruno aujourd'hui ? » demandai-je soudain pour que Nino comprenne, et que l'autre aussi comprenne.

Nino, qui avait les lèvres tremblantes, ne répondit pas. Ils se dirigeaient vers le Casotto Rosso, une baraque abandonnée, recouverte par les arbres, au bout des rangées de vigne. J'y avais joué à la guerre l'année d'avant.

« Doucement, murmura Nino quand nous fûmes tout proches. Arrêtez-vous. Toi, Berto, retiens-le. » Il avança encore et s'arrêta dans l'espace découvert devant la maison. La porte de bois était fermée. Nino contourna sans bruit le coin du mur et se dressa sur la pointe des pieds à la fenêtre.

Mon compagnon riait tout seul, silencieusement. « Qu'est-ce qu'il y a ?

— Viens voir. »

Nous avançâmes aussi et nous rejoignîmes Nino qui était appuyé sur la planche au-dessous de la fenêtre et qui regardait fixement par la vitre fendillée. Je plongeai moi aussi mon regard à l'intérieur et je ne vis rien parce que j'avais les yeux aveuglés par le soleil. Cependant quelque chose bougeait dans l'ombre.

Puis je discernai une forme blanche allongée, un homme qui avait un foulard rouge au cou s'en détacha. C'était Bruno. Et la femme c'était Clara, elle avait sur son ventre nu une tache dorée. La vitre poussiéreuse recouvrait la scène comme une brume.

« Elles est toute blanche », murmura le fils du forgeron.

Nino recula d'un bond. « Venez, dit-il à voix basse, entre ses dents. Venez. »

Je sentis ses ongles m'arracher le dos. Le fils du forgeron lui donna un coup de pied, en lançant sa jambe en arrière. « Si tu ne viens pas, j'appelle Bruno », dit Nino rageur. L'autre s'écarta alors et, avec un mauvais coup d'œil ricanant, il recula. Ils se fixèrent un instant puis Nino courut vers lui. L'autre s'enfuit.

Je courus moi aussi à perdre haleine en serrant ma branche. Près d'une rangée de vigne, presque à la jonchaie, Nino l'avait rattrapé et l'avait jeté au sol. Ils se mordaient en se roulant par terre. Je me jetai sur cet enchevêtrement et je frappai moi aussi sur ce pantalon rapiécé, sur la chemise sale, sur ses dents jaunes. En cognant, je pensais que Clara me voyait.

Quand le fils du forgeron se mit à pleurer et à hurler, je me dégageai et j'arrachai également Nino. Nous laissâmes notre ennemi dans le sillon et nous nous sauvâmes en courant.

Je crois que Nino avait en tête la même idée que moi parce que, éreinté et brisé comme il l'était lui aussi, il fonçait comme un cheval en cherchant à me distancer. Soudain je m'arrêtai et je le laissai aller. Ainsi, nous évitâmes de nous parler.

Je le vis de loin tourner au coin de la villa et je restai seul, sur le tas de gravier de la grand-route. Ce n'est que près de chez moi que je m'aperçus que j'avais le cou plein de sang mais ça m'était égal : j'entrai sous le hangar et je me jetai dans le foin. Il faisait déjà sombre quand je me relevai, tout endolori et, en me frottant la joue pour enlever le sang séché qui ressemblait à des larmes, je me demandais si toutes les sœurs de Nino étaient comme Clara.

Je sus le lendemain que Nino s'était cassé un bras et je n'osai pas me présenter à la villa parce que j'avais peur qu'on nous ait vus.

Pendant plusieurs nuits je restai éveillé des heures entières, fermant les yeux et étreignant mon oreiller. Une nuit — il faisait clair de lune — si je n'avais pas eu peur, je me serais levé et j'aurais fait un saut jusqu'à la baraque pour voir s'il restait quelque trace. J'y allai le lendemain matin mais il y avait un paysan dans la vigne et je n'osai pas entrer.

Je sortais rarement de ma cour parce que je craignais qu'on me tende des embuscades ou qu'on me jette des pierres, mais les autres m'appelèrent pour aller à la pêche parce qu'ils eurent besoin de mon filet. Et comme Nino avait un bras cassé, le fils du forgeron n'osa pas dire un mot. Mais un jour où nous discutions, le blond des Mulini et moi, cachés dans le fenil, il me demanda si la sœur de Nino était blonde elle aussi. Après j'eus honte, mais sur le moment je ne sus pas me taire. Cependant, je parlai tout ému et j'éprouvai soudain une grande angoisse comme quand j'étais enfant et que, assis tout nu sur la chaise de la cuisine, je regardais verser l'eau pour le bain. Alors je me tus, et le blond aussi se taisait.

Finalement un matin, Bruno, passant à bicyclette, me surprit alors que je sculptais une branche sous les saules et il m'appela en s'arrêtant. Il avait un foulard noir au cou et son blouson.

« Tu t'es disputé avec Nino ? »

Nino lui avait dit la veille de me chercher et de m'envoyer le voir. Il s'était battu avec moi ? L'histoire d'arbre mort qu'il avait racontée ne tenait pas debout. Ce coup de griffes sur la figure c'était l'œuvre d'un garçon. « Et si je ne vous connaissais pas, je dirais que c'est celle d'une fille », conclut-il.

Je le regardais incrédule.

« Va le voir toi aussi : entre hommes, il ne faut jamais être en guerre. Vas-y, Nino a besoin de toi. Vous vous raconterez comment naissent les enfants.

— Mais tu es allé le voir ? demandai-je en hésitant.

— Bien sûr. Nous sommes amis, non ? Il est fort ce gars-là. Un bras cassé depuis deux semaines et il veut retourner en voiture avec moi. »

Bruno sortit une cigarette et l'alluma. Il souffla la fumée et redressa sa bicyclette.

« Qu'est-ce qu'elles disent, ses sœurs ? demandai-je.

— Oh, elles, elles s'en fichent, répondit Bruno en tournant la tête. Et leur mère encore plus. La seule qui s'occupe un peu de lui, c'est la blonde. » Il s'éloigna sur la grand-route tandis que je le suivais du regard, étonné, et au fond content.

# HISTOIRE SECRÈTE

C'est par cette route que passait mon père. Il passait la nuit parce qu'elle était longue et qu'il voulait arriver de bonne heure. Il faisait à pied la colline puis toute la vallée et puis les autres collines, jusqu'au moment où apparaissaient ensemble le soleil en face et lui sur la dernière crête. La route montait vers les nuages qui se brisaient dans le soleil au-dessus des brumes de la plaine. Moi, je les ai vus ces nuages : ils luisaient encore comme de l'or ; mon père, de son temps, dit que quand ils étaient bas et embrasés, ils lui promettaient une bonne journée. Alors, sur les marchés, circulaient des pièces en or.

Aujourd'hui encore, les passants vont vers la plaine, penchés en avant, le manteau relevé sur la bouche. Ils ne regardent pas autour d'eux, même si le temps est beau. Leur ombre tombe derrière eux, sur la route, et les suit doucement. La colline les suit, avec son horizon régulier. Je connais cet horizon, chacun des petits arbres qui couronnent les crêtes. Je sais ce qu'on voit de sous ces arbres.

Mon père, aux premières lueurs, ne descendait pas dans la plaine. Il allait par les pentes et les fermes commencer son marché. Il parlait dans les cours avec des gens ensommeillés. Ils déjeunaient. Ils buvaient un verre, sans un mot, à la porte. Mon père les connaissait tous et connaissait les écuries de toute la route ; il connaissait les malheurs, les besoins, les femmes. Il parlait peu. Quand il rencontrait dans les cours d'autres maquignons, il se taisait et les laissait parler.

Il y a des années et des années — il était veuf, et nous tout petits — quelqu'un lui avait dit d'arrêter et d'atteler le cabriolet. Mais c'était l'hiver et mon père disait que le cheval souffrirait à grimper ces petites routes. Avec son manteau sur les yeux et sa casquette de fourrure, il partait dans le brouillard et montait à la Bicocca, deux vallées plus loin. C'est là que vivait Sandiana, la fille d'un de ses amis, jeune et désespérée depuis qu'elle se voyait seule au milieu de ces vignes. Mon père avait dans l'idée de l'amener à la maison et de se faire donner encore un enfant. Mais elle passait les journées auprès du feu, dans une pièce comme un poulailler et ne faisait que répéter qu'elle était seule et qu'elle avait peur. Puis on apprit qu'un maquignon d'ailleurs lui avait parlé de vendre et de s'en aller vivre tranquillement à la ville. Mon père se doutait de quelque chose et il foula bien de la neige pour tirer cela au clair, jusqu'au jour où, à la Bicocca, il trouva l'autre en train de se chauffer les pieds devant le feu. Mais il ne comprenait pas encore qui pouvait bien acheter la terre : il savait ce que voulaient tous les gens des environs. La femme disait que non ; mon père revint vers le soir et trouva les fils du maquignon en train de charger les affaires. Il comprit alors qu'il était vieux. Sandiana alla habiter près du marché.

Il ne parlait pas de ces choses-là avec nous. On les savait par les gens et par les soupirs qu'il poussait à cette époque. Maintenant, toutes les fois qu'il descendait à la ville, il passait là devant, pour se ronger les sangs. C'était une petite cour basse, couverte de vigne vierge, où le bruit du marché arrivait à peine. Le maquignon, après avoir vendu la terre, était retourné dans son pays. Sandiana attendait, assise devant le poêle comme un chat. Pendant quelque temps, mon père lui fit porter quelque chose de chaud à manger. Cet hiver-là, il le passa à l'auberge. Il venait s'asseoir, il regardait le va-et-vient, la fumée, les maquignons et on aurait dit qu'il écoutait les discussions. Il laissait les autres faire des affaires. Il pensait encore à cette vigne.

Sandiana ne sortit pas de sa cour de tout l'hiver. Sans terre, elle savait qu'elle ne valait plus rien ; et, par-dessus le marché, elle était enceinte. Elle s'en prenait à la femme qui lui apportait à manger et disait que les vieux sont pires que les jeunes. Elle fit dire à mon père qu'elle voulait se tuer. Mon père laissa passer l'hiver ; puis il se remit à battre les collines. En mars, on lui dit qu'elle avait accouché.

Alors, il vint la chercher et lui proposa de l'emmener chez lui. On raconte que Sandiana, amaigrie, pleurait ; mais je sais que mon père dut couper court et lui dire qu'elle venait chez nous pour être la femme là où il n'y en avait pas, et non pas la patronne. Mais pas la domestique non plus. Nous n'étions pas des riches.

C'est ainsi qu'il donna une chambre à Sandiana et à son enfant, et lui continua à dormir seul. L'idée de faire cet enfant s'était évanouie comme la vigne. Même pendant l'été, quand Sandiana redevint florissante comme une jeune mariée et qu'elle allaitait, mon père ne changea pas. Il partait dans la nuit et Sandiana se levait pour lui préparer ses affaires. Entre eux, ils se parlaient à peine. Nous, les enfants, réveillés par la servante, nous tendions l'oreille pour entendre quelque chose. Sandiana nous plaisait à nous aussi. Elle s'occupait de nous et nous aidait.

Vers le soir, en été, nous allions avec elle dans les champs. Nous savions la route par laquelle mon père revenait, et il suffisait que nous la surveillions d'en haut. Nous emmenions Sandiana voir nos coins, et elle savait nous dire le nom des clochers et des villages les plus éloignés. Elle nous décrivait ce qu'on voyait dans la plaine depuis les bois, là-haut, et ce que faisaient les gens dans les cabanes isolées. Elle nous parlait de son père et du temps où ils étaient nombreux à la Bicocca, ses frères et ses sœurs, et où ils allaient le soir, avec des lanternes, fermer les écuries et les celliers. Elle racontait le jour d'hiver où ses grands-parents entendaient un loup gratter à la porte et continuaient à veiller et à tresser des corbeilles. Nous prenions des sentiers à travers les vignes, et celui qui arrivait le premier criait et agitait les bras vers le ciel. Elle courait aussi.

Cette année-là, j'avais grandi et, l'hiver, je devais aller à l'école à la ville. Sandiana me disait que j'y serais bien et que j'oublierais le village. Que j'aurais honte de la maison et de nous. Moi, je comprenais qu'elle avait raison et pourtant, même maintenant que l'été finissait, je regardais les routes, les nuages, les raisins, pour bien enregistrer tout et m'en vanter par la suite. J'aurais voulu être né moi aussi à la Bicocca avec ses parents et avoir connu ses frères et ressenti ces nuits où venaient les loups. C'est de cela que j'aurais voulu me vanter et en écoutant Sandiana, je savais que je m'en vanterais. C'était ainsi dès ce temps-là : je jouissais non pas des choses que je faisais mais de celles que j'entendais raconter par les autres. Je ne ressemblais pas à mon père.

La maison de Sandiana était aux mains de deux vieux, métayers d'un propriétaire qui l'avait rachetée et que personne ne connaissait. Nous allions souvent sur cette colline et de là, nous voyions les pins, noirs derrière la maison, hauts comme des clochers au milieu des vignes, pleins d'oiseaux qui volaient. Sandiana nous conduisit une fois jusque dans la cour ; il y avait un chien qui la reconnut et qui courut à elle en bondissant. Alors, la vieille sortit et elles parlèrent et firent ensemble un tour dans la maison et dans la cour. Nous attendions dans la cour, sous la meule de paille et nous lancions des cailloux sur le pin le plus gros. Moi, je regardais le sentier qui menait des biens jusqu'au puits. Je n'avais jamais été dans une cour plus vide, elle avait l'air abandonné : même le chien qui geignait en haut avec les femmes, je ne l'avais jamais vu : pas la voix d'un chien, mais plus féroce. Je pensais à cette époque où les frères de Sandiana parcouraient les bois. Le bois était noir, profond, sur l'autre versant de la colline. Quand elle revint avec Sandiana — elles se lamentaient ensemble — la vieille nous dit qu'elle voulait nous donner quelque chose — un coing — mais elle n'en trouva pas. Sandiana riait, contente.

Le chien voulait venir avec nous ; on l'attacha à sa corde. Pour revenir, nous passâmes par un autre sentier, et tout le long de la route Sandiana ne dit pas un mot : elle dit seulement de ne pas raconter à mon père que nous étions montés là-haut, parce que c'était trop loin. Mais ce soir-là, elle me demanda si je savais que mon père y était venu pendant l'été. Je lui répondis qu'elle aurait dû le demander à la vieille et alors, elle se tut.

Un matin, nous trouvâmes mon père dans la cuisine. Ce n'était pas dimanche, mais tout avait un air insolite. Sandiana revint de la cour, le visage en tumulte et les cheveux dans les yeux. Son enfant pleurait et on envoya la domestique pour le calmer. Mon père donnait des ordres et plaisantait. Ce n'était pas encore le jour où je devais partir et je ne comprenais pas la raison de cette agitation, mais ensuite, je l'appris par un mot de la domestique. La Bicocca était à nous ; mon père l'avait achetée.

Ils partirent dans le cabriolet, lui et Sandiana. La servante ce jour-là fut mauvaise et nous dit, comme si nous étions des hommes, que désormais la patronne c'était l'autre et que la Bicocca était à elle et à son fils. Nous attendîmes toute la journée qu'ils reviennent. J'espérais que Sandiana me laisserait au moins faire un tour dans le bois, et pour le mériter, je m'occupai de l'enfant qui — c'est ce que la servante disait — était maintenant mon frère. Je pensais surtout à ces frères qui étaient morts et j'étais heureux de savoir qu'ils seraient aussi les miens. Ce soir-là, la servante dit à mon père qu'il fallait fêter ça et alla chercher du vin.

Bien des années avaient passé et devaient encore passer, l'hiver j'allai à la ville et je changeai de vie ; j'y revins l'année suivante, je devins un autre ; je venais au village pour les vacances et ainsi il me sembla que je n'avais été enfant qu'en été. Sandiana était toujours la même ; l'enfant était mort ; ainsi le temps, chez nous, ne s'écoula presque plus. Tous les ans, l'été fut comme quand je n'étais pas encore parti, un unique été qui dura toujours.

Tous les ans, je regardais les nuages, les raisins et les arbres pour m'en vanter en ville mais, je ne sais pas comment, je pensais à tout autre chose là-bas et je n'en parlais pas. Sandiana devait avoir raison, quand elle me demandait si mes compagnons s'étaient moqués de moi et si je reviendrais encore à la vigne. Mais moi, j'y retournais avec bonheur, dans la vigne, et je lui demandais si elle venait aussi. Le jour même où je rentrais à la maison, je faisais le tour des routes et des sentiers, et ces matins-là, je m'éveillais content s'il faisait du soleil et plus content encore s'il pleuvait, parce qu'il n'y a rien de tel que l'eau fraîche pour donner envie d'aller par la campagne. Sandiana riait si je revenais mouillé et crotté ; elle me disait qu'elle viendrait aussi — un de ces jours.

Elle ne vint pas, mais un jour nous fûmes pris par l'orage sur la route ; nous, les enfants, nous avions peur du tonnerre et Sandiana des éclairs. Moi, j'aimais les éclairs, cette lumière violette soudaine qui inondait comme de l'eau, mais Sandiana raconta que c'était du soufre et que ça tuait par la secousse. « Mais puisque ce n'est rien, lui disais-je, on voit une lumière qui passe. — Tu ne sais rien, me répondit-elle, ce que ça touche, ça le tue. Mon Dieu. » À ce moment-là, je humais l'air mouillé et je sentis finalement l'odeur de l'éclair : une odeur nouvelle, comme celle d'une fleur qu'on n'a jamais vue, écrasée entre l'air et l'eau. « Tu sens ? » lui demandai-je ; mais Sandiana se bouchait les oreilles avec ses mains sous le hangar où nous nous étions réfugiés. Le parfum nous suivit jusqu'à la maison : il était frais, il piquait le nez comme quand on plonge le visage dans une bassine. Sandiana disait que c'était le vent qui avait passé sur les bois, mais je ne l'avais jamais senti auparavant : c'était vraiment l'odeur de l'éclair. « Savoir où il est tombé », me fit-elle.

Mais elle ne voulut pas venir chercher. Il devait être tombé dans les bois, il sentait trop le sauvage. Maintenant je comprends pourquoi on raconte tant de choses étranges sur les bois, parce qu'il y a tant d'arbres, tant de fleurs extraordinaires, et des bruits de bêtes qui se cachent dans les fourrés. Peut-être l'éclair devient-il une pierre, un lézard, une nappe de fleurs, et faut-il le sentir à l'odeur. De la terre brûlée, il y en avait, bien sûr, mais la terre brûlée n'a pas ce parfum d'eau. Sandiana me répondait ; elle répondait non.

Dans le bois de la Bicocca, il y avait une faille dans le tuf. Sandiana disait qu'il y avait eu un tremblement de terre avant même que nous soyons nés. Personne, sauf quelques serpents, ne pouvait y passer. Mais moi, une fois, j'avais vu là-haut une belle fleur lilas ; savoir si son odeur n'était pas la même que celle de l'éclair. Je pouvais comprendre que le tonnerre provoque des failles mais l'orage tombait du ciel et il fallait bien qu'il apporte quelque chose de beau. « Allons donc, dit Sandiana, tout ce qui naît est fait de terre ; l'eau et les racines sont en terre ; dans le blé que tu manges et le vin du raisin, il y a toute la bonté de la terre. » Moi, je n'avais jamais pensé que la terre servait à faire le blé et à nous faire vivre, surtout maintenant que j'étudiais. Même si nous avions la Bicocca, nous n'étions pas des paysans. Mais quand je mangeais des fruits, je comprenais.

Les fruits, selon le terrain, ont bien des odeurs. On les connaît comme si c'étaient des personnes. Il y en a de maigres, de sains, de mauvais, d'aigres. Certains sont comme les filles. Il y a des figues et du raisin à la Bicocca qui ont encore le goût de Sandiana. J'en ai mangé de toutes sortes, surtout des fruits sauvages, des prunelles et des nèfles à peine mûres.

C'était particulièrement les prunelles qui me faisaient envie. Maintenant encore, je laisse tout pour des prunelles. Je les sens à distance : elles forment des haies épineuses, toutes vertes, au bord des ravins, au milieu des ronces. À la fin du mois d'août, les branches se grossissent de boules bleues, plus foncées que le ciel, agglomérées et fermes. Elles ont une saveur aigre et piquante qui ne plaît à personne et pourtant elles ne manquent pas d'une pointe de douceur. En novembre, elles sont toutes tombées.

Que les prunelles aient un goût de sucs sauvages, cela se comprend rien qu'aux lieux où elles poussent. Moi, je les trouvais toujours au bord de la vigne, là où s'achève le sol cultivé et où rien ne mûrit plus sauf l'aridité du terrain nu. À l'époque, je ne pensais pas à ces choses ; j'aurais seulement voulu que mon père, Sandiana et tout le monde mangent des prunelles. Les autres, je ne sais pas ; Sandiana disait que cela lui piquait la langue. « C'est pour ça que je les aime, répondais-je, elles, on sent qu'elles ont poussé dans la campagne. Personne n'y touche et pourtant elles viennent. Si la campagne était toute seule, elle ferait encore des prunelles. »

Sandiana riait et disait : « Si tu savais... » Si je savais quoi ? Jusqu'à ce qu'un jour elle me dise que de l'autre côté de ses bois, après une autre vallée, à la Madonna della Rovere, il n'y avait que des prunelles. « On y va ? » C'était trop loin. « Mais personne ne les cueille ? » demandais-je.

Je pensais toujours à cela. Non seulement

je n'arrivais pas à découvrir seul toutes celles de nos routes, mais il y avait tant de collines au monde, une telle campagne sans fin, et partout des prunelles, sur les rives, dans les fossés, dans des endroits inaccessibles où personne n'arrivait jamais même s'il le voulait. Je les voyais avec leurs feuilles frisées, leurs branches chargées de fruits, immobiles, dans l'attente d'une main qui ne viendrait jamais. Aujourd'hui encore, cela me semble une absurdité un tel gâchis de saveurs et de sucs dont personne ne jouira. On récolte le blé, on récolte le raisin, et il n'y en a jamais assez. Mais la richesse de la terre se révèle en ces choses sauvages. Même les oiseaux, sauvages eux aussi, ne pouvaient pas en profiter, parce que les épines des branches leur blessaient les yeux.

Je pensais alors aux choses, aux bêtes, aux saveurs, aux nuages que Sandiana avait connus quand elle habitait dans les bois et je comprenais que tout n'était pas perdu, qu'il y a des choses dont il suffit qu'elles existent et qu'on est heureux de le savoir. Même les prunelles, disait Sandiana, on n'en mange pas plus de deux ou trois à la fois. Mais c'est un plaisir de savoir qu'il y en a partout.

Déjà en ce temps-là, il suffisait qu'elle nomme un village et il me semblait le voir. Ses villages étaient faits de fermes, de joncs et de récoltes, comme les miens. Il me semblait que j'y étais allé ou que je pouvais y aller demain. Quelques-uns apparaissaient derrière les bois. Et pourtant si je montais dans le cabriolet avec mon père, c'était comme si je partais à la découverte. C'était pour ce qu'il y avait de sauvage, qu'elle ne connaissait pas mais que je mettais partout.

Une route et des joncs, ce sont des choses communes, du moins chez nous, mais aperçus au loin, en bas d'une crête, et quand on sait qu'il y a derrière d'autres crêtes, d'autres joncs, et qu'on a beau passer au milieu d'eux, il en reste toujours où nous n'irons pas et où quelqu'un est allé — voilà, c'est à cela que je pensais en écoutant Sandiana. J'enviais mon père qui était allé en de nombreux endroits et qui avait parcouru ces routes et ces crêtes jour et nuit. C'est plus tard que je sus ce que cela coûtait comme peine. À l'époque, je me contentais de le regarder le soir quand il montait, silencieux, les trois marches ou quand il nous attendait. À ce moment-là, il ne semblait plus mon père. On comprenait à son visage qu'il venait de loin et qu'il était fatigué — il avait dans le regard ce reflet sauvage. Il était si fatigué que si Sandiana l'appelait, il venait sans lui répondre. Entre eux, ils ne parlaient jamais des villages.

Quelquefois, il nous emmenait en cabriolet pendant un bout de chemin, mais pas beaucoup parce que le cheval peinait déjà trop avec lui. Nous allâmes de plus en plus loin à pied. Ce n'est qu'au début et à la fin de l'été que je parcourais avec lui la grand-route de la ville ; il conduisait, moi je pensais à ces jours où Sandiana était là-bas, et cela me semblait bien loin parce que alors, je n'avais jamais vu la ville. Je lui demandais si c'était vrai que dans sa jeunesse il y faisait un saut en cachette, et lui, avec brusquerie, répondait en plaisantant qu'il n'y avait que les vieux qui y allaient, pour voir la fête, et qu'ils rentraient à pied la nuit tandis qu'eux, les enfants, comptaient les explosions et regardaient les lueurs de loin. « Maintenant, ils ont trop d'immeubles, disait-il, et ils ont honte de nous, les campagnards. Ils s'amusent entre quatre murs. Ça ne vaut plus la peine d'y aller. » Dans la fraîcheur de l'aube, je faisais attention pour remarquer l'endroit où finissait la grand-route et où commençaient les immeubles, et il y avait toujours comme une fumée dorée et brumeuse qui semblait un air différent ; on entrait peu à peu et, une fois arrivé, il semblait impossible qu'il y ait encore des villages et des collines. Au loin, Dieu sait où, il y avait la mer. Je le disais à mon père, et lui riait, d'un air brusque.

Maintenant que le temps est passé et que je me rappelle ces étés, je sais ce que j'attendais de la Madonna della Rovere. Une haie de prunelles me bouchait l'horizon et l'horizon, ce sont des nuages, des choses lointaines, des routes, dont il suffit de savoir qu'elles existent. La Madonna della Rovere a toujours existé, et partout, sur les pentes, sur les crêtes des villages, il y a des églises et des masses d'arbres rapetissées par la distance. À l'intérieur, la lumière est colorée, le ciel se tait ; et des femmes comme Sandiana y sont agenouillées et se font le signe de la croix, il y en a toujours. Si une fenêtre de la voûte est entrouverte, on sent un souffle du ciel plus chaud, quelque chose de vivant, ce sont les arbres, les saveurs, les nuages.

Ces églises des crêtes sont toutes comme

ça. Il y en a toujours une plus loin, qu'on n'a jamais vue. Sous leur portique, il y a tout le ciel, et on y sent les prunelles et les joncs que le chemin ne permet pas d'atteindre. Il vaut mieux s'arrêter à deux pas et savoir que toute la terre est un grand bois qui ne pourra jamais nous appartenir vraiment comme un fruit. Au contraire, les choses qui y poussent à deux pas tirent leur saveur de celles qui sont sauvages, et si le champ et la vigne nous nourrissent, c'est parce qu'il affleure à leurs racines une force cachée. Mon père dirait que dans le monde tout vient d'en bas. Moi, je ne sais et je ne savais rien de tout cela, mais la Madonna della Rovere était comme le Sanctuaire des choses cachées et lointaines qui doivent exister.

Quand, il y a des années, mon père mourut, je trouvai dans ma douleur un sentiment de calme auquel je ne m'attendais pas et que pourtant j'avais toujours prévu. J'allai à l'église et au cimetière ; je revis les femmes, la tête voilée, les petits tableaux du chemin de croix, je sentis l'odeur de l'encens et de la terre qu'on creuse. Plus abattue que moi, Sandiana pria sur la tombe ; puis nous revînmes ensemble à la maison et elle nous prépara le dîner.

Il y avait longtemps que je n'étais pas revenu et la cour me sembla plus petite. Nous parlâmes de mon père et de la Bicocca, des vendanges et de la mort, puis, tard dans la nuit, je restai seul à la fenêtre.

Ces jours-là, je repensai à beaucoup de choses que j'avais oubliées. Je pensai que maintenant mon père existait comme quelque chose de sauvage et qu'il n'avait plus besoin de marcher nuit et jour pour me le dire. L'église, bien entendu, l'avait englouti, mais l'église non plus ne va pas plus loin que l'horizon et sous terre, mon père n'avait pas changé. Il s'était transformé de corps de chair en racine, une de ces mille racines qui, une fois la plante coupée, continuent à vivre dans la terre. Ces racines existent, la campagne en est pleine. Les grandes fenêtres colorées de l'église n'y changent rien et font même penser que rien ne change même dehors sous le ciel, et que ce qui est loin et enterré continue à vivre tranquillement dans cette lumière. Maintenant, en toutes les choses, je sentais mon père ; son absence aiguë et monotone changeait tout ce que je voyais et entendais dans la campagne. Je n'arrivais pas à l'enfermer dans le cercueil au fond de la tombe étroite : de même que dans tous les villages de ces collines, il y a des églises et des chapelles, de même il m'accompagnait partout, il me précédait sur les crêtes, il voulait que je sois enfant. Dans les lieux qui lui appartenaient le plus, je m'arrêtais pour lui ; je le sentais enfant. Je regardais du côté de l'aube la route et la ville cachée au bout où — il y a combien de temps ? — il était entré un matin, de son pas campagnard et recueilli.

Nous parlions de lui. Sandiana l'avait vu danser quand elle était petite et elle savait quelle voix il avait dans ce temps-là. Elle disait qu'au lieu d'aider aux champs, il allait déjà par les routes et achetait des chevaux. Il achetait et vendait, mais plus que le commerce, ce qu'il aimait, c'était voyager. Lui, il les avait vus, les villages. Notre mère, il l'avait trouvée en ville et épousée sans le dire à personne, puis il était revenu au village et après avoir refait la paix, il avait donné un grand repas de noces. La première de mes sœurs était née deux jours après ce repas.

À l'époque, mon père était gai et bagarreur. Sandiana disait qu'à quarante ans il se mit avec ses frères et qu'il allait par les routes avec eux en plaisantant comme un jeune homme.

Ils se voyaient toujours à la Bicocca mais elle ne pensait pas qu'elle se marierait avec lui. Ma mère venait le chercher quand ils restaient dehors toute la nuit. Ma mère était jeune, toujours effrayée, et elle avait l'air d'une gamine à côté de lui. Qui aurait pu penser qu'elle devait mourir la première. Sandiana oubliait mon père et parlait de femmes, d'eux.

Je me taisais et je revoyais la ville dans le brouillard. Ce n'était pas cela que je cherchais de lui. Les femmes avaient fait mon père, mais il y avait quelque chose de plus ancien que cela, de plus secret et d'enseveli pour toujours. Je veux dire, un enfant. Comme moi, mon père aussi était entré en ville, non pas pour s'enfermer à l'école, mais pour faire fortune. Il y était entré sauvage et n'avait pas changé. Je me demandais ce qui l'avait poussé là-bas, quelle rage, quel instinct, lui qui était pourtant né dans un champ. La ville somnolente lui avait paru orgueilleuse à la fin, et il ne s'y était jamais arrêté, mais il avait trouvé ses femmes là-bas, même la dernière, même celle qui venait de la Bicocca. Peut-être savait-il cela dès le début. Peut-être cherchait-il lui aussi dans la ville l'inconnu, le sauvage.

Là, je me tournais vers Sandiana et je lui

demandais si mon père n'avait jamais pensé se fixer en ville. Elle ne semblait pas comprendre et me disait que dans ce cas, il n'aurait pas acheté la Bicocca. Et pourtant elle comprenait très bien : c'était bien là la réponse. Mon père aimait aller en ville en venant d'une terre : son travail s'effectuait dans une cour de ferme et de cour en cour, la ville le lui payait. Immeubles et marchés signifiaient pour lui encore des pièces d'or, des charretées de sacs et de tonneaux, la campagne. Dans la ville, il ne connaissait vraiment que ceux qui venaient des champs comme lui. Avec les autres, il plaisantait. C'est ainsi qu'il était dans son enfance et c'est ainsi qu'il était mort.

Maintenant, il était inutile de grimper sur ces crêtes pour être seul avec lui. Il me suffisait de rencontrer des roseaux, un figuier tordu sur le ciel, une terre bêchée, pour être ému et satisfait. Ce qu'il y avait au loin, de l'autre côté des crêtes, la ville, la plaine brumeuse, restait enseveli, rien d'autre qu'une église masquée par les arbres à l'horizon.

Au contraire, les géraniums que Sandiana avait à la fenêtre me semblaient vraiment la ville. Ils avaient une couleur vive comme les coquelicots, mais à leur forme compliquée et à leurs feuilles, on comprenait qu'ils ne poussent pas dans la terre. L'heure était proche où j'en verrais beaucoup dans la plaine, sur les terrasses des villas. Quand je voyais Sandiana les arroser à la fenêtre, il me semblait qu'elle aussi était quelque chose que je n'avais jamais vu, quelque chose d'écarlate comme eux.

Sandiana était comme une étrangère ; ce qu'elle faisait semblait toujours nouveau, maintenant d'autant plus que je n'étais là qu'en été. Quand nous allions à la Bicocca, je la suivais partout, dans les pièces rougeâtres, dans les greniers, devant les fenêtres. Il y avait contre les murs des coffres massifs, toujours fermés, et les dallages de briques étaient recouverts de blé, de pommes de terre, de maïs. Pour les traverser, il fallait se déchausser. Sandiana marchait, touchait et regardait. « Quel froid il doit faire en hiver dans ces pièces, dis-je une fois. — Est-ce qu'il ne fait pas froid partout ? » me répondit-elle avec brusquerie. Il semblait que c'était la maison de quelqu'un d'autre et qu'elle y revenait pour l'apprendre de mieux en mieux. Elle était heureuse, cela se voyait.

« Tu vois, ton père, disait-elle, il a acheté tout cela pour vous. »

Dès qu'elle arrivait, elle tirait de l'eau au puits et la portait à la cuisine. Si les paysans étaient dehors à couper le foin ou faire autre chose, elle se nouait un foulard sur la tête et y allait aussi. Moi, je montais les sentiers d'en haut pour chercher des prunelles au bout des vignes et de là, je voyais qu'elle bougeait au milieu du champ. En ce temps déjà, j'aimais m'allonger dans cette solitude, dans la friche en dessous des derniers rangs de vigne, à deux pas du bois. En me voyant courir, tout le monde riait.

« Si tu te sauves, disaient-ils, la peur va t'attraper. »

La peur, c'était quelque chose qui, pour tout le monde, existait réellement. Sandiana me disait que je devais résister. « Si tu restes immobile à ta place, la peur est effrayée. Mais si tu te sauves, elle te suit comme le vent la nuit. » Je lui répondis que j'avais peur même de jour. « Quand il fait jour, il faut la regarder dans les yeux. Elle se sauve pour se cacher. » Mais l'idée de regarder la peur m'effrayait encore davantage. « Toi, tu l'as vue ? lui demandai-je. Comment est-elle ?

— Mais puisque tu l'as vue toi aussi.

— Moi, non. »

Sandiana riait. « Fais bien attention à la première occasion. Tu verras comment elle est faite. »

Ces discussions me mettaient dans tous mes états. « Ce n'est pas seulement la peur, disais-je. Quand je suis seul dans la vigne ou sous le hangar, j'attends quelque chose. Il me semble toujours que cela doive arriver. Parfois j'y vais exprès. Si je ne me sauvais pas, je verrais ce que c'est.

— Et alors, reste, répliquait Sandiana.

— C'est quelque chose comme quand tu mets le fer à la fenêtre pour repasser. Au-dessus de la braise, on voit le ciel trembler. Tu as déjà vu ?

— Oui.

— Dans la campagne, tu ne vois jamais rien, toi ?

— Si, bien sûr.

— Non, tu ris. Moi, il me semble qu'il sort de la terre une chaleur continuelle qui maintient les arbres verts et qui les fait pousser et il y a des jours où cela m'impressionne de marcher parce que je me dis que, si ça se trouve, je mets le pied sur ce qui vit et que, sous la terre, il s'en aperçoit. Quand le soleil est le plus fort, on entend le bruit de la terre qui pousse. »

Ces choses-là, je ne les confiais à personne d'autre. Mais Sandiana disait que j'avais raison ; elle racontait qu'une fois, elle avait vu une fleur qui s'ouvrait tous les matins sous le soleil et qui bougeait.

« Il y en a dans les bois ?

— Qui sait, dit Sandiana. Dans les bois, il y a de tout. »

Dans les bois, nous allions quelquefois aux champignons, mais il fallait qu'il ait plu et Sandiana en trouvait plus à elle seule que nous tous. Elle connaissait le terrain et plongeait sa main sous les feuilles pourries : elle ne se trompait jamais. Parfois, je passais, je regardais, il n'y en avait aucun. Elle venait, il semblait qu'ils lui étaient poussés sous les pieds. Elle me disait en riant que les champignons poussent d'un seul coup, du soir au matin, d'une heure à l'autre, et qu'ils reconnaissent la main. Ils sont comme les taupes, ils bougent ; ce sont l'eau et la chaleur qui les font. Dommage que la route était longue, je ne savais y venir qu'avec elle. Nous partions de la maison le matin et nous arrivions en sueur au sommet. Nous passions une vallée et une colline, nous quittions les sentiers. Ces nuits-là, dans mon lit, les collines tout entières me semblaient un vivier tiède de pluie et de champignons, que seule Sandiana connaissait pouce par pouce.

« Mon grand-père disait, me raconta-t-elle une fois, que tout ce qu'on fait comme labeur à la campagne se transforme en force dans notre sang pendant la nuit. Il y a quelque chose dans le terrain qu'on respire quand on transpire. Et il disait qu'on peine moins à marcher sur les terres que sur la route. Il était déjà vieux et il ne voulait jamais rien entendre.

— Pourquoi sur la route ? »

Je demandais mais j'avais compris. Sandiana me regarda pour savoir si elle devait plaisanter.

« Parce que. Sur la route on ne pioche pas.

— Mais c'est du terrain aussi.

— Va lui demander, à lui. »

À la Bicocca, dans la falaise de tuf, juste derrière la maison, il y avait un creux profond qui formait une cave et ils mettaient là-dedans des outils, des charrettes, des affaires, Je me mis en tête que c'était ce grand-père qui l'avait creusé. Avec le temps, le mur de roche était devenu gris, mais dans le fond, là où il faisait le plus sombre, l'humidité suintait encore et il y avait un petit puits. Il y poussait des cheveux de Vénus. Des filles du village dirent que les capillaires étaient une belle plante, et Sandiana alla une fois en arracher et en faire un vase. Moi, je lui tenais la bougie.

« Ici, nous sommes sous la colline, dis-je.

— Il fait plus frais qu'au-dessus. »

Tant que nous restâmes sous terre, je pensai à son grand-père en me disant que l'eau est la sueur des racines. Je le disais en moi-même parce que j'avais peur que Sandiana se moque de moi. Mais je ne pus m'empêcher de lui demander si les géraniums poussent aussi sous terre. « Tu es fou », me cria-t-elle. Puis elle me demanda pourquoi.

« Ils ont l'air.

— Comment ?

— Ils ne poussent pas à la campagne. »

Sandiana me demanda : « Est-ce que nous ne sommes pas à la campagne ? »

Alors je compris qu'il était inutile de le dire et je me rendis compte que c'était vrai, que la campagne n'est pas seulement la terre mais tout ce qui est dedans. J'eus envie de rester là-dessous, et qu'il pleuve dehors, que les arbres poussent, que passent le soir et le matin. « Ici, la nuit, il fait déjà sombre, pensai-je, dans la terre c'est toujours la nuit. »

J'y revins quelquefois tout seul mais, comme partout où il y avait du silence, je tendais l'oreille avec perplexité. À l'entrée, j'épiais l'obscurité. Je croyais entendre le gazouillis de l'eau qui suintait du tuf, mouillait la voûte, ruisselait sur toute la colline. Je pensais à ce vieillard qui ne marchait que dans les sentiers. Il devait le savoir, lui, ce que c'est que la campagne. Mais maintenant il était mort et enterré, tandis que d'un pas j'étais dans la cour sous le ciel.

Ce que je disais à Sandiana arrivait à l'heure où tout le monde dort, entre le déjeuner et le goûter, quand le soleil brûle et que, maintenant encore, je sors me promener. Je sors parmi les maisons, dans la réverbération blanche et je pense à ce que je pensais alors. Je crois que je m'ennuyais et que j'attendais avec impatience le moment où la journée reprendrait, mais c'est dans l'ennui que je touchais le fond de la journée et de l'été. Rien ne se passait, même pas un bruit, dans les cours et sur les collines, et ce vide me charmait comme si le temps s'était arrêté dans l'air. J'arrivais au point où tout était possible et réel ; seulement je ne comprenais pas pourquoi, au milieu de tant de ferveur, tout se taisait. Alors je regardais les fourmis par terre, ou les arbres au loin, minuscules eux aussi sur la grande pente ; et les fourmis agitées et les arbres semblaient eux aussi perdus dans le temps. La colline est tout entière faite de choses distantes, et parfois en rentrant, je montais l'observer de la fenêtre aux géraniums. Entre les géraniums et les crêtes calcinées au soleil, il y avait en commun la distance, la richesse cachée. Je regardais depuis les fleurs jusqu'aux crêtes mais sans savoir pourquoi je le faisais ; et je ne l'aurais pas dit à Sandiana qui voulait se moquer de moi. C'est plutôt elle qui me servait aussi de fenêtre et bien souvent je la regardais comme je regardais ces géraniums qui avaient fleuri en ville. Elle aussi y avait été autrefois.

La ville avait des ruelles fermées, où s'ouvraient des portails sur des jardins inattendus. Je les entrevoyais en allant à l'école et je pensais que c'était une nouvelle campagne plus secrète et plus belle. Je savais avec certitude que mon père ne les avait jamais regardés et je n'osais pas lui en parler. Mais Sandiana qui avait vécu dans ces ruelles devait les avoir connus ; et je cherchai à reconnaître sa vigne vierge qui, en hiver, était plus rouge que le feu. Ni mon père ni elle ne m'en avaient jamais rien dit ; je ne sais pas par qui je l'avais entendu dire. Mais je ne mettais pas le pied dans les cours, je me contentais de passer ; quand il y avait une vigne je me demandais pourquoi Sandiana n'était pas restée et j'imaginais que j'y venais maintenant, que je montais les grands escaliers solennels, que j'étais avec elle dans l'immeuble. Quelquefois en hiver, ils venaient ensemble me voir le dimanche, et j'avais la permission de sortir avec eux, avec elle ; mais je ne savais jamais lui parler du temps où elle avait vécu en ville. Ils m'emmenaient jusqu'au marché où mon père commandait le goûter ; puis il restait à discuter avec l'aubergiste et nous, nous sortions voir les gens se promener. Nous prenions les arcades jusqu'au Castello ; il y avait des femmes bien vêtues, des messieurs, des soldats, et des enfants comme moi mais plus riches, et tous marchaient lentement, s'arrêtaient un peu, revenaient, en se faisant des signes et en criant. Ce qui m'enthousiasmait dans le froid, c'étaient les portes des cafés dorées, pleines de fumée, mais Sandiana me tirait par la main, si je me dégageais, elle s'inquiétait et assistait mi-curieuse, mi-impatiente, jusqu'à ce que j'aie tout vu. Je préférais les fois où elle avait à faire et où nous fendions la foule, où nous parcourions les ruelles désertes avec mes jardins. Il faisait froid, mais je pouvais toujours lui dire quelles fleurs il y avait à la belle saison et je lui demandais qui habitait dans les immeubles et si elle y était jamais montée. Elle me demandait d'où étaient mes camarades et enviait les plus riches, mais elle disait que les riches n'habitent pas dans les immeubles, il y fait trop chaud et l'air est renfermé, ils vont au contraire à la campagne où ils ont des villas, dans les montagnes et à la mer. C'est ainsi que nous parlions de la mer ; j'en connaissais plusieurs qui y allaient en été, elle écoutait et me demandait si, quand je serais grand, j'y conduirais mes enfants. Mais moi, je ne pensais pas aux enfants, je pensais à moi-même sur des côtes lointaines et à de longs voyages ; nous passions devant les portails et ainsi les fleurs les plus riches et les plus cachées se confondaient dans mon cœur avec la mer. Je pensais alors à la fenêtre aux géraniums comme à un décor de paysages marins. Le soir, je rentrais auprès de mes camarades chargé de fruits, et j'en donnais aux plus estimables et nous mangions en nous répétant les histoires les plus absurdes.

C'est ainsi que la richesse, qui était toute la journée de mon père, devenait pour moi rêverie et perdait cette rancœur avec laquelle je la sentais désirée par tout le monde. Je ne comprenais pas cette rancœur. Je ne comprenais pas, à vrai dire, ce qu'était la richesse. Cela me semblait quelque chose d'exotique qui, au-delà de l'horizon, promettait des étonnements, comme une lune de septembre encore cachée par les arbres. Je ne comprenais pas les rapports du blé et du raisin avec les immeubles et la vie en ville. Sandiana, qui parcourait la Bicocca en mesurant les récoltes d'un œil mauvais, me décourageait : moi, je cherchais les prunelles. Une fois, sans me le dire, elle fit déboiser une rive en friche pour la mettre en blé : quand j'arrivai, tout était fini, les buissons enlevés : je la traitai de tous les noms, je menaçai, je donnai des coups de pied — elle rit. Elle ne comprenait pas les larmes, aussi je ne pleurai pas. Je fis tant et si bien qu'elle devint méchante et le dit à mon père, qui me battit. Ils se moquèrent ensuite de moi toute la soirée parce que je ne comprenais rien. Moi, je pleurai en cachette et pour me venger je m'interdis pendant un certain temps de regarder la colline à travers les géraniums.

Mais je la regardais à travers les roseaux de la route, là où il suffit de s'arrêter pour être seul, et là aussi les lointains, filtrés par les roseaux, semblaient nets et plus bleus, à la fois fleuris et marins. En montant plus haut — mais j'y allais rarement et pas tout seul —, on apercevait la plaine ; et de minuscules taches perdues dans le vague, qui étaient des maisons ou des villages, semblaient des voiles, des archipels, de l'écume. C'était cela que j'emportais l'hiver en ville ; et je ne les disais pas, je les enfermais avec orgueil dans mon cœur. J'écoutais mes camarades parler et se vanter ; moi, je restais silencieux, non pas que cela ne me plaisait pas de les entendre, mais plutôt parce que je comprenais que les choses qui sont réellement vraies, on n'arrive pas à les raconter. Non seulement il est nécessaire que celui qui écoute les connaisse, mais il fallait déjà les savoir quand on les a connues, et qu'en fin de compte, il est impossible de les apprendre de quelqu'un d'autre. Moi-même je me demandais quand j'avais commencé à savoir, mais c'était comme si on m'avait demandé quand j'avais connu mon père. Sandiana un beau jour était venue habiter avec nous, et pourtant, même elle, je ne me rappelais pas qu'auparavant elle n'était pas là. En ce temps-là, je savais seulement que tout ne commence que le lendemain.

*Composition Nord Compo*
*Impression Novoprint*
*à Barcelone, le 12 août 2014*
*Dépôt légal : août 2014*
*1er dépôt légal dans la collection : janvier 2011*

ISBN 978-2-07-040445-2./Imprimé en Espagne.

**277322**